Johannes Schweikle

Ausreißversuch

Johannes Schweikle

Ausreißversuch

Roman einer Karriere

KLÖPFER&MEYER

Die Personen sind erfunden.

ISBN 978-3-86351-060-2

Lektorat: Petra Wägenbaur, Tübingen.
Umschlaggestaltung: Christiane Hemmerich
Konzeption und Gestaltung, Tübingen.
Herstellung: Horst Schmid, Mössingen.
Satz: Alexander Frank, Ammerbuch.
Druck und Einband: Pustet, Regensburg.

Mehr über das Verlagsprogramm von Klöpfer & Meyer
finden Sie unter: *www.kloepfer-meyer.de*

Für Jan & Jan

Das Rad an sich ist schon eine Form von Doping. Was die Sache nicht leichter macht. Es ist ein Instrument, dem die Schnelligkeit innewohnt, es ist die beste Möglichkeit für den Menschen, über sich hinauszuwachsen: doppelt so schnell, doppelt so frisch, doppelt so viel Wind im Gesicht.

Paul Fournel, Die Liebe zum Fahrrad

Prolog

In Avignon musste ich zum ersten Mal laufen. Das ist für einen Radfahrer das Letzte. Wenn das Spaß machen würde, wäre ich gleich zu den Langsamen gegangen. Zu den Joggern, die nicht wissen, was Fahrtwind ist.

Nachts um halb eins gab das Telefon von Basti Alarm. Ich konnte nicht schlafen, aber ich tat so, als hätte ich nichts gehört. Die Klimaanlage funktionierte nicht, es war so heiß, dass auch die Stilnox nicht wirkte. Ich war aufgekratzt von elf Etappen. Die Pyrenäen lagen hinter uns, ich hatte meine Aufgabe erfüllt und unseren Kapitän über die Berge der *Tour de France* geschleppt. Als die Spanier am Tourmalet angriffen, fuhr ich die Löcher zu. Mit jeder Kurve wurde Sören schwächer. Als es endlich wieder flach wurde, ging ich bis Toulouse für ihn in den Wind.

Dann kam die Überführungsetappe nach Avignon. Keine Ahnung, wer dieses Wort erfunden hat – der Kerl hat die Peitsche verdient. Überführungsetappe, das hört sich pillepalle an. Aber das waren 195 Kilometer, und das Streckenprofil sah aus wie eine Säge. Kleiner Anstieg, kurze Abfahrt, dann die nächste Kackwelle. Nie findest du einen Rhythmus, aber wir spulen das Ding mit einem Zweiundfünfziger-Schnitt ab. Als es endlich rollt, muss ich anhalten. Weil mein Kapitän einen Platten hat. Also steige ich ab und gebe Sören mein Hinterrad. Er fährt weiter, ich warte auf unser Auto. Noch 60 Kilometer bis zum Ziel, und die Zeit läuft.

Es war ein alter Kilometerstein aus Granit, auf dem ich saß, unter einer Platane. Aber auch im Schatten war die Hitze brutal. Unser Materialwagen kam schnell, der Mechaniker sprang heraus, bevor das Auto stand, und holte mir ein neues Hinterrad vom Dach. Schnellspanner zu, Bremse justiert. Da klebte mein linker Schuh schon mit der Pedalplatte am Asphalt, das weiß ich noch.

Aber so heiß kann es auch im Süden nicht sein, dass Basti weich wird. Sein Telefon hatte in diesem Sommer *How Bizarre* als Klingelton. Die Gitarren hatten noch nicht fertig geklimpert, der Sänger sang noch nicht, da saß Basti schon aufrecht im Bett, wurstelte sich aus der dünnen Decke und stieg in die Joggingschuhe. Ich tat ja, als wäre ich im Tiefschlaf, ich sah das durch einen schmalen Schlitz. Aber dann kam sein Kommando, und ich wusste, dass keine Tarnung half:

Max, aufsitzen!

So war das schon, als ich noch dick war. Mit dreizehn wollte ich nicht mehr ins Freibad, dort nannten mich die Mädchen Moppelmax. Die Jungs waren nicht so lustig. Für die war ich Witt, die fette Sau. Meine Mutter sagte zu meinem Vater: Heinz, mach was. Mein Vater ist bei der Eisenbahn und bewegungstechnisch nicht so fanatisch. Aber er ging zu einem alten Kameraden von der Bundeswehr. Dieter Eisenbeiß ist der Vater von Basti, und die Eisenbeißer waren bis ins Elsass als Radsportfamilie bekannt. Sie besorgten mir ein altes Rennrad, und Basti holte mich zum Training ab. Am Anfang zweimal in der Woche, später fuhren wir fast jeden Tag. Es konnte regnen, es konnte hageln, im Fernsehen konnte Alf kommen. Aber Basti klingelte und sagte:

Max, aufsitzen!

Im schmalen Gang neben dem Bett stolperte ich über eine Sporttasche und schlug mir den Knöchel an. Dieses Hotelzimmer machte so viel Spaß wie eine Zelle. Die Fernbedienung für den Fernseher hatten sie am Nachttisch festgeschraubt, damit keiner sie klaut. Das Bad war ein Fertigbauteil aus Plastik, so eng wie im U-Boot. Als Basti seine Beine zum Rasieren in die Dusche streckte, konnte ich mir am Waschbecken nicht die Zähne putzen. Der Boden hatte bleiche Noppen, der Fön war mit der Wand verschweißt, an den hatten wir unsere Startnummern gehängt. Als ich ein paar Sekunden das Licht anmachte, weil ich noch zwei Paracetamol brauchte, ging der Ventilator an und nervte zehn Minuten.

Basti war schon auf dem Flur und lief. Also ich hinterher. Wie das Männchen an der Decke. Alle paar Meter kam dieses Schild, grün und beleuchtet. Das Männchen rannte zum Notausgang.

Aber wir durften ja nicht raus. Mussten umkehren und den Flur wieder runter. Vor dem Aufzug war ein Kaugummifleck. Irgendwann fing ich an zu zählen: drei rote Feuerlöscher, vierundzwanzig Zimmertüren, zwei schwarze Kuppeln an der Decke. Wenn irgendwo jemand die Bilder dieser Kameras überwachte, konnte er nur auf einen Gedanken kommen: Die haben ein Rad ab. Zwei Streifenhörnchen rennen nachts im Käfig. Unterhalb von meinen Boxershorts sah man einen käsweißen Streifen Oberschenkel. Der endete kurz über dem Knie, wo die Radhose aufhörte. Dort war eine messerscharfe Linie, darunter kamen dunkelbraune Beine.

Ich sah noch blöder aus als Basti. Der hatte wenigstens ein T-Shirt an. Mich hätte man zum heiteren Beruferaten schicken können: Welchen Sport treibt dieser Mann? Mein Körper sah aus wie ein Legomännchen, das man falsch zusammengesetzt hat: Bauch und Schultern weiß, Kopf und Arme braun. Diese Figur war ein Widerspruch: ein Teil so knackig wie ein Surfer, der andere bleich wie ein Musterkind, das vor lauter Geigespielen nicht an die frische Luft kommt.

Meine erste Freundin fand das doof. Jenny war so was wie ein Pokal, den ich mit dem Rennrad holte. Das Training wirkte nämlich schnell, nach ein paar Monaten schälte sich mein Körper aus dem Fett. Der Rettungsring wurde platt, die Wülste über dem Knie waren Muskeln. Außerdem schnappte ich bei den Rennen Mackersprüche auf, die ich in der Schule locker abtropfen ließ. Zu einem aus der Oberstufe sagte ich *Angstbremser*, und Jenny war beeindruckt.

Ins Freibad wollte sie trotzdem nicht mit mir. Du siehst peinlich aus, sagte sie, dein Sixpack ist ja bleich wie Quark. Da bin ich nach Freiburg ins Sonnenstudio gegangen. Um gleichmäßig braun zu werden, hab ich Armlinge und Beinlinge mitgenommen. Das sind die besten Teile seit der Erfindung des Fahrrads: Wenn du an einem kühlen Morgen losfährst, ziehst du sie an. Weil sie hauteng anliegen, flattert nichts. Sobald es warm wird, krempelst du sie runter. Mit ein bisschen Übung schaffst du es, die Beinlinge während der Fahrt über die Schuhe auszuziehen, auch wenn auf der Bundesstraße ein Lastzug an dir vorbeidonnert. Ohne anzuhalten kannst du sie am Rücken in die Trikottasche stopfen.

Aber im Solarium gibt es keinen Wind, der kühlt. Ich

glaube, die schwarzen Dinger sind aus Polyacryl, auf jeden Fall musste ich ekelhaft schwitzen. Ich gab mir Mühe, zog die Armlinge hoch bis genau an die Stelle, wo die weiße Haut anfing. Die Beinlinge genauso. Aber es hat nichts genützt. Als Nächstes beklagte sich Jenny über meine rasierten Rennfahrerbeine: Die sehen schwul aus. Da hab ich sie abgeschossen, sie ging dann mit dem Mittelstürmer von Merdingen.

Na ja, so richtig abgeschossen hab ich sie nicht. Ich ließ die Sache eher auslaufen, bis sie Schluss gemacht hat. Da wurde das Rennrad mein bester Freund. In diesem Herbst fuhr ich am liebsten allein. Vor dem Aufsitzen schlug ich mit der flachen Hand auf den Sattel, so wie Mädchen ihr Pferd tätscheln. Mein Rad verstand mich. Es hielt die Pedale hin, ich trat und trat und trat, bis ich an nichts Blödes mehr denken musste.

Kathrin nahm mich auch als Streifenhörnchen. Als sie zum ersten Mal meine bleichen Körperteile sah, hatte ich schon die Narbe auf der rechten Schulter. Darunter sitzt eine Titanplatte, die mein Schlüsselbein zusammenhält. Dieser Knochen ist bei uns die Sollbruchstelle. Seit einem Sturz in Belgien gehöre ich zum Club der richtigen Rennfahrer.

Das Titan ist toll, mit diesem Material komme ich am Flughafen ohne Piepsen durch jede Kontrolle. Und die Narbe wurde zu meinem Markenzeichen. Nach dem Toursieg haben die *Victory*-Leute sie in den Katalog eingebaut: Zwischen Hosen und Trikots steht der Held, gezeichnet von der Schlacht. Der Fotograf hat im Studio eine halbe Stunde mit dem Licht rumgemacht, dann sah das richtig dramatisch aus: Aus meiner Schulter zuckt ein roter Blitz.

Das Bild gefällt mir immer noch: Max Witt, voll im Saft, 73 Kilo verteilt auf einen Meter dreiundachtzig. Nicht so ein Hänfling wie die üblichen Rennfahrer. Und nicht so ein jämmerlicher Asket mit kurzem Haar und ohne Backen. Ich hab schwarze Locken, am linken Ohr blitzt der Ring, und die rote Narbe zeigt das Risiko: Wer schnell fährt, fällt hart.

Wir beiden Jogger passten in dieses Hotel, denn das war genauso bescheuert. Es hieß *Formel Eins*. Wer kommt auf die Idee, ein Hotel wie ein Autorennen zu nennen? Ein Hotel ist doch das Gegenteil von Geschwindigkeit. Wenn es gut ist, findest du dort Ruhe. Okay, das Personal soll auf Zack sein. Aber wenn du die Zimmertür zumachst, muss die Hektik draußen bleiben. Die Gesellschaft, die diese Dinger reihenweise in die Landschaft setzt, hat alles verwechselt. Vom Teppich im Flur kriegt man Augenweh, der hat Rallyestreifen. Die sehen so peinlich aus wie ein aufgemotzter Golf. Die abgewetzte Stelle vor Zimmer 105 tat richtig gut.

Wie lang müssen wir?

Zehn Minuten, sagt Willy, sagte Basti.

Nur, weil ein Holländer den Hals nicht vollkriegen konnte. Vor zwei Tagen ist er noch mit uns gefahren, dann lag er tot im Bett. Da hat Willy, unser Masseur, die Panik bekommen. Euer Blut ist zu dick, das kann im Schlaf verklumpen. Ihr müsst in der Nacht den Puls wieder auf Touren bringen. Deshalb rannten wir um halb eins durch das Rallyestreifenhotel.

Wenn Willy sagt, das muss sein, dann muss das sein. Er ist 20 Jahre Rennen gefahren, den *Flèche Wallonne* hat er gewonnen. Jetzt fährt er nicht mehr, aber wenn er abends mit uns am Tisch sitzt, isst er immer noch wie früher.

Das sieht man. Oben trägt er Doppelkinn, unten spannt die Wampe. Sein Gesicht ist erstaunlich schmal geblieben, und meistens guckt Willy ein bisschen verloren. Aber das sieht nur so aus. Wenn die Tage hektisch werden, hat er den Überblick. Am Morgen bringt er mir eine frische Radhose, dick mit Sitzcreme eingeschmiert. Gegen Mittag hält er mir den Verpflegungsbeutel hin. Wir Rennfahrer halten ja nicht an zum Essen, bei uns gibt's keine Pause für so was. Irgendwo stehen die Helfer am Straßenrand und strecken ihren Fahrern die Beutel hin. Da kommt es immer wieder zu Stürzen, weil wir nur ein bisschen bremsen, um diese Taschen mit den langen Henkeln abzugreifen. Aber Willy weiß, wie man's macht. Er sucht sich eine Stelle am Rand des Getümmels, hält den Beutel in der richtigen Höhe und geht einen Schritt mit.

Am Ziel wartet er mit seinem Rucksack und zieht mir die Trainingsjacke über. Mit einem Handschuh reibt er mir den Staub der Straße von den Beinen und lässt mich in die Turnschuhe steigen. Wir Radfahrer sind ja nicht gut zu Fuß. Weil unsere Schuhe fürs Fahren gemacht sind, nicht fürs Gehen. Unten steht die Pedalplatte wie ein Klotz aus der steifen Sohle, deshalb staksen wir wie die Störche.

Am Abend lege ich mich bei Willy auf die Bank. Er massiert mich von den Waden bis zum Nacken. Wir reden ein bisschen über das Rennen, meistens schlafe ich nach zehn Minuten ein. Für dieses Gefühl lohnt sich das ganze Radfahren: Du spürst, wie müde die Beine sind. Die Haut ist eingeölt, du musst nichts mehr tun und kannst dich fallen lassen. Meine Freundin berührt meinen Körper nicht halb so oft wie mein Masseur.

Vor drei Tagen hatte ich mich bei der Abfahrt vom Tourmalet versteuert. Der Asphalt war rau, da ging halt die Tapete ab. Abends kam Willy mit der Wurzelbürste. In der Dusche schrubbte er die Wunde auf, bis das Blut alle Steinchen rausgespült hatte. Jetzt wuchs die Haut schon wieder nach, es kribbelte unter der Kruste. An meinem Oberschenkel leuchtete ein fetter Verband.

Im Flur wurde es voll. Mit neun Fahrern war unsere Mannschaft in die *Tour de France* gestartet, in Avignon waren noch sechs im Rennen. Fünf von uns trabten durch die Nacht, um ihr Blut zu schütteln. Die Luft wurde stickig, kein Windhauch streifte die Arme. Kein Sattel trug den Körper, das ganze Gewicht plumpste bei jedem Schritt in die Knie. Es gab keine Kurven, in denen man elegant mit dem Gleichgewicht spielen konnte. Wir liefen dumm durch den Flur. Der ging nervtötend geradeaus. Von oben hörte man Getrampel, die Belgier von der Mannschaft *Pharma Quick* mussten also auch joggen.

Nach der zehnten Runde oder so ging im Zimmer neben dem Aufzug die Tür auf. Sören kam heraus. Ohne Rad gab unser Kapitän kein gutes Bild ab. Unten dürre Storchenbeine, oben strahlte seine Platte im Licht der grünen Männchen. Der alte Däne guckte grimmig und sagte kein Wort.

Ich wusste nicht, was ich davon halten sollte. Einerseits war es gut, dass der Chef keine Extrawurst bekam, Willy hatte auch ihn zum Laufen verdonnert. Andererseits kannte ich seine Werte. Sören hatte seinen Hämatokrit auf 60 getunt, mit dieser Bestmarke gab er an. Das Fahrerfeld spottete über ihn: *Monsieur soixante, la vendange tardive au velo.* Mein

Kapitän war die Spätlese des Radsports, letztes Jahr hatte er mit 32 die *Tour de France* gewonnen.

Ich war vorsichtiger. Mein natürlicher Hämatokritwert lag bei 42, nach der EPO-Kur hatte ich 52. Das waren genug rote Blutkörperchen, das sollte reichen. Willy war begeistert, wie gut das Wundermittel bei mir anschlug. Nach den Pyrenäen hatte ich wieder Blut abgezapft und gemessen – mein Pegel war auf 49 gesunken, sogar Basti hatte einen Punkt mehr. Wir teilten uns eine Zentrifuge. Er sorgte dafür, dass die immer dabei war, bezahlt haben wir sie gemeinsam.

Außerdem habe ich immer Markenprodukte genommen. Die sind teurer, aber auf den Spritzen steht die Menge – 10.000 Einheiten, das war genau meine Dosis für eine Woche. Der Hersteller stand auch drauf – die seien Marktführer, hatte mir Willy erklärt, und ich kannte die Firma: Sie war Sponsor der *Kalifornien-Rundfahrt*, und das war ein schönes Rennen.

In diesem Sommer war ich 23 und hab mir wirklich keine Sorgen um meine Gesundheit gemacht. Ihr könnt eine Thrombose kriegen, warnte Willy, das schnelle Blut ist dick wie Ketchup. Aber ich dachte, das würde ich ja merken. Kurz vor Avignon hatte ich mir eine Schramme geholt, die war so unnötig wie ein Kropf. Ein gelbes Fähnchen hatte sich in meinem Vorderrad verheddert, das wollte ich während der Fahrt wieder herausziehen. Dabei brachte ich die Finger in die Speichen und blutete wie ein Schwein. Mein Blut war nicht zu dick, ganz im Gegenteil, es war so flüssig wie eh und je. Das weiße Lenkerband kriegte rote Flecken, mein Rad sah aus wie Schlachthof.

Ja, damals fühlte ich mich kugelsicher. Ich war stolz auf

meine Werte: Ruhepuls 38, sechseinhalb Liter Lungenvolumen, doppelt so viel wie ein normaler Mensch. Der Schock kam Jahre später, als bei Kathrin die Bombe platzte. Als sie mit ihren Implantaten herumlief und niemand sagen konnte, was der Pfuscher da reingetan hatte. Ob vielleicht Erdöl unter ihrer Haut schwappt. Da wurde mir klar, was man im Körper anrichten kann.

Im Formeleins-Hotel fand ich das Laufen nur daneben. Weil ich am Tag schnell sein wollte, musste ich mit der Nacht bezahlen. Mir tat der Knöchel weh, nach ein paar Runden auch der untere Rücken. Ich war mir sicher, dass mein Kapitän nach der Hälfte der *Tour de France* noch einen höheren Wert hatte als ich direkt nach der Kur. Soll er doch allein durch den Flur toben. Keine Ahnung, wie weit der tote Holländer das Spiel getrieben hat.

Avignon

Der Tag fing normal an. Beim Frühstück schaufelte ich mir eine Familienportion Spaghetti auf den Teller und löffelte Honig drüber. Das schmeckt nicht, aber es gibt Kalorien. Und es war die einzige Abwechslung: nach dem Rennen Nudeln mit Tomatensauce, vor dem Rennen Nudeln mit Honig.

Am Start ging ich wie jeden Morgen zum Einschreiben. Setzte meinen Namen auf die Liste, zeigte meine Startnummer. Wie bei allen vor und nach mir jazzte der Sprecher seine Stimme hoch und kündigte dem Publikum einen neuen Helden an:

Et voilà, Maaax Wiiitt, der wichtigste Helfer des gelben Trikots!

Brav spielte ich meine Rolle: Machte den Rücken gerade, hob einen Arm und winkte. Die Sonne schien, es gab ein bisschen Beifall. Überall standen weiße Zelte und Absperrgitter. Am Ende des Platzes fuhr die Werbekarawane los: Ein Stofflöwe thronte auf einem Auto, er leuchtete gelb und wackelte in der Kurve. Der nächste Wagen war von unserem Sponsor. Er fuhr ein Riesenhandy spazieren, das Ding stand stramm auf dem Dach. Dahinter rollte eine Plastikente. Ich glaube, nicht einmal die Kinder nahmen diesen Zug ernst, der jeden Tag vor uns herfuhr. Aber die Leute am Straßenrand freuten sich wie ein Schnitzel: Sie mussten nicht ins Disneyland – das kam zu ihnen in die Provinz.

An der Startlinie formierte sich das Feld. Über dem Platz hing eine Wolke von ätherischen Ölen. Es roch nach Wald und Pfefferminz und Tigerbalsam. Dieser Geruch kam vom Startöl, mit dem sich alle Rennfahrer die Beine einreiben. Es fühlt sich erfrischend an, und die rasierte Haut glänzt. Das war der Geruch meiner Jugend. Seit ich 13 war, massierte ich mir vor jedem Training dieses Wundermittel in die Schenkel. Auch der Trainer roch nach Sixtufit.

Dieter Eisenbeiß wurde mein Held. Er war so alt wie mein Vater, aber auf Zack. Die meisten Einheiten fuhr er auf dem Rad mit. An seinen Waden konnte man die Muskeln sehen, jede Ader zeichnete sich ab. Seine Haut war glatt und gut durchblutet, die Krankenkasse hätte mit ihm Werbung machen können. Er trug auch keinen Schnurrbart wie mein Vater, überhaupt gab es im Radsportverein viel weniger Rotzbremsen als in meiner Verwandtschaft. Im Gegensatz zu den Fußballern lief der Eisenbeißer auch nicht mit einem Vokuhila rum. Seine Augen waren klar, aber sie träumten auch. Sie sahen ein Ziel in der Ferne, da wollte er hin.

Jeden Mittwoch um drei fuhr der Trainer mit uns die Feldwegrunde. Die war vier Kilometer lang, zwischen Bottighofen und Hemmendorf, beim Reitstall wurde jedes Mal gesprintet. Der Feldweg war astrein geteert, da kam kein Schlagloch. Aber als ich 14 war, rückten die Bagger an und rissen den Asphalt auf. Raupen planierten eine Schneise durch die Felder, das wurde die Umgehungsstraße. Die bekam oberamtliche Ausfahrten: Hemmendorf-Nord und Bottighofen-West. Man muss wissen, dass Bottighofen nur tausend Einwohner hat, aber die konnten sich jetzt fühlen wie in Frankfurt: Nehm ich die Ausfahrt West, oder bleib ich drauf bis Mitte?

Das war eine komische Zeit: Deutschland baute Straßen wie ein Weltmeister, der Bürgermeister von Bottighofen bestellte sich eine S-Klasse. Aber dieses fette Land jammerte, dass noch nie ein deutscher Radfahrer die *Tour de France* gewonnen hatte. Als ob das irgendetwas miteinander zu tun hätte: Weil wir reich sind, stehen uns die Sieger zu.

Als Boris Becker in Wimbledon gewann, war die Nation bumm-bumm. Alle drückten Bobbele ans Herz. Sogar die Berliner waren stolz wie Bolle. Dabei beschimpfen die doch sonst jeden, der die Schnauze nicht so aufreißt wie sie, als Schwaben.

Vor meinem ersten Rennen putzte ich einen halben Tag mein Rad. Einen alten Lappen zog ich so lange zwischen allen Ritzeln durch, bis kein Öl und kein Dreck mehr an den Zähnen klebte. Ich schrubbte an den Felgenflanken, bis aller Abrieb von den Bremsgummis weg war. Gab mir Mühe, dass die Schlauchreifen nichts vom Spüli abkriegten, davor hatte mich Basti gewarnt.

Das Fahrrad ist die perfekte Maschine: nicht zu kompliziert, ich kapierte schnell, was wie funktioniert. Aber es hatte genug Details, an denen ich mich aufgeilen konnte. Basti zeigte mir einen Flaschenhalter aus Titan, der Katalog des Radsportversands in Frankfurt war unsere *Bravo*. Wir diskutierten bis in die letzte Schraube, wer die cooleren Bremsen baut: *Shimano* oder *Campagnolo*. Ich las jetzt freiwillig Französisch – Herr Eisenbeiß hatte den *Miroir du Cyclisme* abonniert.

Als ich am Start stand, glänzte jede Speiche. Das Rennen hieß *Der erste Schritt*. Da durften auch die mitfahren, die noch keine Lizenz vom *Bund Deutscher Radfahrer* hatten. Der Trainer gab mir eine einfache Taktik mit: Fahr das Rennen von vorn – da sind viele im Feld, die ihr Rad nicht beherrschen. Also bin ich gleich am Start davongezogen. In der Rechtskurve an der Telefonzelle hab ich mich umgeschaut, da lagen alle anderen mindestens dreihundert Meter zurück. Auf den Bierbänken an Start und Ziel saß der Bauer vom Hühnerhof. Der hatte einen roten Kopf, hielt seine Bierflasche in die Luft und schrie:

Kerle, gib Gas!

In der zweiten Runde führte ich noch immer und hörte über den Lautsprecher, der vor dem Rathaus aufgebaut war:

Eine Sympathieprämie für den Fahrer mit der Nummer sieben!

So bekam ich bei der Siegerehrung fünf Mark, gestiftet vom Autohaus *Fitterer*. Der offizielle Preis war ein Pokal mit Eichenlaub aus vergoldetem Plastik. Meine Mutter fand es nicht gut, dass ich den auf meinen Nachttisch stellte. Am Anfang war sie ja begeistert, dass ich Rad fahre. Aber als mein Speck weg war, hätte ich mich ihrer Meinung nach auf die Schule konzentrieren sollen. Sie hat durchgesetzt, dass ich aufs Gymnasium gehe.

Bei meinem zweiten Rennen sah sie, wie vor mir ein Fahrer stürzte. Der schlug voll am Randstein auf. Sein Knie blutete, aber das wischte er nicht weg. Der schaute noch nicht mal an sich hinunter, sondern schnappte sein Rad, saß auf und kurbelte hinter uns her. Das war natürlich nichts für meine Mutter, die aus jeder Schramme ein Drama machte. Gesundheit war für sie ein großes Thema. Zum Einkaufen fuhr sie nach Freiburg in den Bioladen, dann gab's wieder Tofu. Und Vollkornbrot, ich hasste es.

Damit unsere Knochen wachsen, mussten wir Calcium nehmen. Mein großer Bruder wollte irgendwann keine Rote Bete mehr essen, das gab den ersten Aufstand in unserer Familie.

Beim Essen standen neben dem Teller meiner Mutter immer irgendwelche Döschen. Sie war nicht krank. Aber sie betrieb Gesundheit wie einen Leistungssport – sie wollte alles aus sich herausholen. Und was nicht im Körper drin war, führte sie ihm mit Pillen zu.

Eines von ihren Wundermitteln hieß Stutenmilch. Ich hab vergessen, für was die gut sein sollte. Die Bienenpollen nahm sie mehr für die Schönheit. Aber eigentlich hatte meine Mutter auch so tolle Locken, die waren dunkelbraun und dicht. Mein Vater aß Leberwurst und machte manchmal eine Bemerkung über die Superpollen, dann bekam er den Blick. Das war ein Vorwurf ohne Worte: Du hast keine Ahnung. Und du solltest dich schämen.

Mit dem Rennrad fuhr ich in eine andere Welt. Im ersten Sommer trainierte Basti mit mir im Flachen. Nach jeder Fahrt hatte ich ein fettes Tattoo an der rechten Wade, den schwarzen Abdruck der Zacken vom großen Kettenblatt. Im Herbst schaffte ich es schon, mich auch an den Hügeln in Bastis Windschatten zu halten. Das war ein cooles Gefühl: eine Steigung in den Weinbergen hochkurbeln und so viel Kraft in den Oberschenkeln haben, dass du mit Tempo über die Kuppe kommst. Hinter dem Tuniberg lag Neuland.

Auf dem Rad entdeckte ich die Freiheit. Wenn ich irgendwohin wollte, fuhr ich einfach los. Ich musste nicht mehr betteln, dass meine Mutter mich mit dem Auto zum Baggersee bringt. Ich musste auch keinen Fahrplan mehr studieren. Aus eigener Kraft kam ich schneller nach Freiburg als mit dem Bus.

Wir fuhren und dachten nicht an morgen. Autos standen im Stau, wir zogen links vorbei. Im Kreisverkehr nahmen wir die Abkürzung gegen den Uhrzeigersinn. Das sparte eine halbe Runde, und wir konnten uns richtig in die Kurve legen. Ich liebte das Risiko, das meine Mutter am liebsten aus dem Leben verbannt hätte.

Aber wir lernten auch, wo man vorsichtig sein muss. Weil du als Radfahrer ohne Schutz unterwegs bist. Die Bäuerin vom Hühnerhof zum Beispiel, die schnallte einfach nicht, dass sich mit der Umgehungsstraße die Vorfahrt geändert hatte. Von Bottighofen-West ging es abschüssig hinunter ins Dorf, dort hatten wir 50 drauf. Die Eier-Ilse bog mit ihrem babyblauen Renault von der Seitenstraße ein. Entweder hat die uns nicht gesehen, oder sie dachte, Radfahrer seien langsam. Sie saß mit ihrer Kittelschürze dicht hinter dem Lenkrad und drehte den ersten Gang hoch bis zum Anschlag. Ich musste voll in die Eisen. Das Hinterrad brach aus, ich spürte einen Schlag am linken Knie, die Stoßstange schrappte an meinen Speichen. Aber die Alte in ihrem R 4 hielt nicht an, die entschuldigte sich nicht einmal. Basti zeigte ihr den Stinkefinger.

Sonntags fuhren wir mit dem Verein zu den Rennen. Da musste ich elend früh raus, oft war schon um sechs Abfahrt. Einmal merkte Spindelinski erst hinter Oberbergen, dass er seine Lizenz vergessen hatte, und ohne Lizenz durfte man nicht starten. Der Trainer drehte um, dass das Auto schwankte wie ein Schiff, weil ja auf dem Dach unsere Räder waren. Wir haben das Spindelinski natürlich noch bis zur A-Jugend reingerieben.

Die Rennen waren schon deshalb gut, weil ich sonntags nicht mehr in den Schwarzwald musste. Dort ging meine Familie wandern, aber das fand bald nicht mehr statt. Meine Mutter bedauerte es, aber damit war sie allein. Meinem Vater war das nicht arg, und mein großer Bruder hatte sowieso jedes Mal von Anfang bis Ende ein Gesicht gezogen wie die neue Geschwindigkeitsanzeige am Ortseingang von Bottighofen. Wenn man zu schnell fuhr, leuchtete ein digitales Männchen, das die Mundwinkel nach unten zog, wie das Gegenteil von Smiley.

Meinen Bruder konnte man damals leicht ärgern – man

musste ihn einfach bei seinem Vornamen nennen. Der war ihm unfassbar peinlich. Jakob Witt, das klingt ja auch wie 18. Jahrhundert. Er legte Wert darauf, dass man ihn Jack nennt. Und das tat ich auch, denn er ging zum Bodybuilding.

Wir hatten ein gemeinsames Zimmer. Aber wir entwickelten uns auseinander. Ich wurde schmal, er bekam Arme wie Popeye. Ich lernte, dass ein Radfahrer keine Kraft für die Show verschwendet, weil er die braucht, um ans Ziel zu kommen. Aber er wurde ein richtiger Poser. Als ich in der zehnten Klasse war, gab er mir Tabletten und sagte: Kleiner, nimm das, die bringen abnormale Muskeln. Vor dem Einschlafen wichste Jack unter der Bettdecke wie ein Weltmeister. Er machte das so leise wie möglich, aber ich hörte es quietschen. Und fragte mich, ob das von den Pillen kam. Vorsichtshalber zeigte ich die Dose dem Trainer, aber da wurde der Eisenbeißer fuchsteufelswild. Wir standen an der Bande über der Steilkurve von der Radrennbahn, und er schrie: Mensch, das sind Anabolika! Wenn du nur eine Pille anrührst, schmeiß ich dich aus dem Verein!

Für meine kleine Schwester war ich am Anfang der Held. Nach meinem ersten Sieg malte sie mir ein Bild. Mit dem gebogenen Rennlenker gab sie sich richtig Mühe, und sie hat genau hingeguckt. Ich traute mich nämlich nicht, wie die Großen freihändig über die Ziellinie zu fahren. Vorsichtshalber streckte ich nur einen Arm in die Höhe. Aber als die Arme von Jack dicker waren als meine Schenkel, fand Steffi das Radfahren nicht mehr so aufregend.

Bodybuilding ist cool, sagte sie.

Mont Ventoux

Die Brücke von Avignon hört tatsächlich in der Mitte auf. Am Geländer stand ein Michelinmännchen und winkte über den Fluss. Das Bistro am Startplatz hatte Felgen an seine Markise gehängt, auf der Tafel stand *Salade Ventoux*. Ein Hund kläffte durch die Absperrgitter. Basti klickte den linken Schuh ins Pedal, stützte die Unterarme auf den Lenker und fragte:

Hast du gute Beine?

Glaub schon.

Es war ein Tag mit meinem Lieblingswetter: heiß, keine Wolken, kaum Wind. Wir würden sechs Stunden unterwegs sein, aber ich brauchte nur zwei Teile auf dem Leib – Hose und Trikot. Deshalb fahre ich Rad: weil wir so leicht aufbrechen. Wir nehmen nur das mit, was man wirklich braucht. Den Ballast lassen wir zu Hause. Auf dem Kopf haben wir nur die Rennfahrermütze, die wiegt nichts und kann alles. Der dünne Stoff schützt die Stirn vor dem Wind, bei Regen klappst du den Schirm runter. Wenn die Sonne von hinten brennt, drehst du die Kappe mit dem Schild um und hast Schatten im Nacken. Nur einen schmalen Streifen, aber gleich geht's dir besser.

Ich kontrollierte mein Rad. Schnippte mit dem Mittelfinger gegen die Reifen. Es klang hart, sie hatten genug Luft, acht Bar. Zog so heftig an den Bremshebeln, als müsste ich auf einer Regenabfahrt in die Eisen – nichts knackte. Tastete den Klebestreifen am Ohr ab – der Stöpsel saß. Dieses Teil konnte ich nicht leiden – vom Ohrhörer ging ein Kabel zum Funkgerät in der Trikottasche, und über Funk machte der Sportliche Leiter unterwegs seine Ansagen. Der Knopf im Ohr macht aus dem Sport eine kontrollierte Veranstaltung. Die Rennen sind nicht mehr wild, jetzt fahren wir ferngesteuert.

Zuletzt checkte ich noch die linke Tasche des Trikots. Die Reiskörner waren drin.

Als ich über die Startlinie rollte, bekreuzigte ich mich. Das hatte ich bei einem Jugendrennen gesehen, bei den Italienern mit den dunklen Brillen: zack, zack, von der Mütze Richtung Sattel, dann links – rechts, parallel zum Lenker. Das sah nicht nur cool aus, das hatte etwas Magisches: Jetzt wird mir nichts passieren. In einem Rennen kann so viel schiefgehen, da hilft das. Als meine Mutter zum ersten Mal sah, wie ich mich am Start bekreuzigte, machte sie im Ziel Theater. Max, wir sind doch nicht katholisch! Dann kam wieder die Geschichte vom Markgraf von Baden, der an seinem evangelischen Bekenntnis festgehalten hat. Ich bin ja auch froh, dass wir bei der Kitschmadonna in der Lourdesgrotte keine Kerzen anzünden. Aber der Religionslehrer hat irgendwann erzählt, dass Luther das Bekreuzigen okay fand. Das wollte meine Mutter dann nicht glauben.

Herr Wiedenhöfer war überhaupt genial. Er hat verstanden, dass ich meine Energie aufs Fahrrad konzentriere. In der elften Klasse hat er mir für mein Referat ein gelbes Reclamheft in die Hand gedrückt: *Die Besteigung des Mont Ventoux*. Was Petrarca da schrieb, war langatmig – der ist ja auch zu Fuß gegangen. Im Vergleich zu den Kommentaren der Germanisten aber war seine Betrachtung aus dem Mittelalter ein richtiger Reißer.

Ich hab verstanden, um was es in diesem Buch geht: Dass Dreizehnhundertschießmichtot ein Mensch auf eine komplett neue Idee kommt – einfach so auf einen Berg zu steigen. Nicht, weil er in den Süden muss und der Berg halt im Weg steht. Oder weil er Bauer ist und sein Vieh auf die Alm bringen muss. Der wollte wissen, wie sich das Leben da oben anfühlt – das hat mir gefallen. Petrarca schrieb total fromm, von Überwindung und so, trotzdem war er einer von uns. Der brach auf, weil er etwas Neues entdecken wollte. Der ließ sich nicht abhalten von den bösen Geistern, die angeblich auf dem Gipfel hausen. Willkommen im Club!

Wir Rennfahrer treiben seine Idee auf die Spitze: Wir steigen nicht aufs Rad, weil wir von A nach B müssen. Wir lassen uns von den Normalos nicht sagen, was verrückt ist. Wir träumen nicht nur vom Abenteuer. Wir fahren in unbekanntes Land, weil wir wissen wollen, was hinter der Grenze kommt. Habe ich heute gute Beine, oder gehe ich auf der Strecke ein? Packe ich so einen Brocken von Berg wie den Ventoux?

Mit 19 wurde ich Weltmeister der Amateure. Da hatte auch meine Mutter keine Chance mehr. Ich bekam einen Vertrag bei den Profis. Bis Weihnachten ging ich noch in die Schule, dann brach ich die zwölfte Klasse ab. An Silvester gab ich eine Abschiedsparty im Vereinslokal des *RV Vorwärts*, im Januar flog ich zum Trainingslager nach Mallorca.

Natürlich führte die zwölfte Etappe nicht von Avignon direkt zum Mont Ventoux. Das wären ja nur 60 Kilometer gewesen. Sie schickten uns erst durch die Provence. In Aix fuhren wir über einen alten Boulevard, dann ging's um einen riesigen Springbrunnen. Der wurde von Löwen bewacht, das

Wasser wirkte in der Hitze wie das pure Leben, auch wenn wir keinen Tropfen abkriegten. Ich sah die Fontänen. Die Luft roch frisch, aber das war wahrscheinlich Einbildung.

Alle hatten Schiss vor diesem Berg. Ich war noch nie oben, aber seit Petrarca habe ich jede Menge Geschichten gehört. Wir Radfahrer haben ihn erst richtig bekannt gemacht. Der Mont Ventoux hat Eddy Merckx in die Knie gezwungen – der größte Rennfahrer aller Zeiten war oben zu schwach, um aufs Siegerpodest zu steigen. Sie brachten ihn im Krankenwagen ins Tal, dort gaben sie ihm eine Sauerstoffmaske. Immerhin konnte er wieder aufsitzen. Tom Simpson fuhr hier aus dem Leben. Der kippte kurz vor dem Gipfel vom Rad und war tot.

Dieser Berg war unser Ziel. Das heißt: Wir nahmen 220 Kilometer Anlauf, dann begann der Anstieg. 21 Kilometer bergauf, 1.600 Höhenmeter, kein Flachstück zum Erholen. Der Ventoux ist kahl wie eine Mondlandschaft, sagte Willy, und wenn du Pech hast, bläst der Wind von vorn.

Tempo rausnehmen, hatte unser Sportlicher Leiter bei der Besprechung vor dem Start gesagt, und alle haben genickt. Sören fuhr nicht mehr rund. Normalerweise saß er elegant auf dem Rad und hielt den Oberkörper so ruhig, dass man ein Sektglas auf seinen Rücken stellen konnte. Aber seit drei Etappen trat er wie ein Trampel. Er wollte mit Gewalt seinen Sieg vom Vorjahr wiederholen. Dabei fuhr er ins Fiasko. Der Kapitän konnte nicht mal mehr entspannt den Lenker halten, der ganze Mann war verkrampft bis in die Hände. Alle im Peloton sahen das: Seine Zeit als Alphatier war abgelaufen. Es gab Stärkere im Rudel, es war nur eine Frage der Zeit, wann sie angreifen würden. Ich wollte Sören beschützen, so gut ich konnte, aber mir war klar, dass er auf der Strecke bleibt.

Bei Kilometer 148, kurz hinter Aix-en-Provence, kam eine gewaltige Felswand. So schroff, dass sich kein Baum an dem bleichen Stein halten konnte. Aber das war noch nicht der Mont Ventoux. Wir mussten dieses Massiv auch gar nicht überqueren, diese Klippen waren nicht unser Gelände. Wir Rennradfahrer sind ja keine Bergsteiger. Wir haben ein eigenes Verhältnis zur Welt: Wir brauchen Straßen, am besten Asphalt. Dann können wir schweben. Zwischen uns und der Erde ist Luft, die Reifen berühren den Boden nur millimeterweise. Mit unseren leichten Maschinen wachsen wir über uns hinaus. Sie tragen uns vom Meer bis in die Berge. Aus eigener Kraft werden wir schnell, manchmal überholen wir Mercedesfahrer.

Auf dem großen Blatt rollten wir an diesem Berg vorbei. Aber für meinen Kapitän waren schon die Hügel zu viel. An einem lächerlichen Anstieg riss ihm die Kette, und er verlor die Nerven. Der alte Löwe brüllte ein letztes Mal, packte sein Rad am Lenker und schleuderte es ins Gebüsch.

Später haben wir gelästert: der will Weltmeister im Rennradweitwurf werden. Aber in dem Moment, als Sören den Aussetzer hatte, war ich von den Socken. Das gelbe Trikot fährt nicht mehr – da verlierst du die Orientierung. Was soll ich jetzt machen? Ich klickte mich aus den Pedalen und wollte Sören mein Rad geben. Aber der war so sauer, dass ich Angst hatte, er würde mir eine scheuern. Das kennt man ja: Der Nächstbeste kriegt die Wut ab. Mit neuem Material war meinem Kapitän nicht mehr zu helfen. Ich könnte auch zurückfahren nach Aix-en-Provence und meine Beine in den Springbrunnen hängen.

Da hörte ich den Sportlichen Leiter über Funk:

Max, fahr zu!

Basti und Jens bekamen den Befehl, mir Geleitschutz zu geben. Wir rasten der Spitzengruppe hinterher. Die Strecke führte in einem großen Bogen um diesen kahlen Berg herum. Als wir ihn im Rücken hatten, kam unser Mannschaftswagen. Ich fuhr nach links, damit mir der Chef durchs offene Fenster neue Flaschen reichen konnte. Er saß auf seinem Fahrersitz tiefer als ich auf meinem Sattel. Schob die Sonnenbrille ins Haar, sah mir von unten in die Augen, zeigte mit dem Daumen nach hinten und sagte:

Max, weißt du wie dieser Berg heißt? Montagne Sainte-Victoire!

Hä?

Du Penner, Sören ist kaputt! Das ist dein Tag – du fährst um den Sieg!

Er gab mir ein quietschbuntes Päckchen. Es war so groß wie ein Müsliriegel, fühlte sich aber labbrig an.

Das nimmst du, wenn's in den Berg hineingeht!

Ich brauchte mindestens 20 Kilometer, um zu begreifen, was dieser Text sollte. Basti war schneller.

Zeig allen, was du drauf hast! Kommando Kandel!

In meinem zweiten Sommer auf dem Rad durfte ich zum ersten Mal auf diesen Berg. Wenn die anderen *Kandel* sagten, klang das nach Heldentaten. Aber auch nach dem Pfeifen im Wald. Der Eisenbeißer fuhr mit dem Auto hinter uns her, wir fühlten uns wie die Profis aus dem Fernsehen.

Aber das Begleitfahrzeug gab's nicht zum Spaß, mir war klar, dass dieser Berg ernst war. Aus der Ebene sah er höher aus als der ganze Schwarzwald. Wie ein Wächter, der auf das Gebirge aufpasst.

Übernimm dich nicht am Anfang, das sind zwölf Kilometer!

Ich klemmte mich hinter Basti, bei der Herz-Kreislauf-Klinik schaltete ich in den zweiten Gang. Ich dachte, es wäre gut, noch einen in Reserve zu haben. Aber schon in der dritten Kurve oder so musste ich aufs größte Ritzel. So eine steile Straße bin ich noch nie gefahren, und von den zwölf Kilometern hatten wir erst einen. Die Frostrisse im Asphalt waren mit Teer geflickt, meine dünnen Reifen holperten über schwarze Schlangen. Hätte ich bloß mein Rad vorher geputzt. Ich bildete mir ein, wie der Dreck an den Rollen des Schaltwerks bremste. Bei Basti blitzte die Kette wie frisch aus dem Laden.

Jetzt kam ein Gasthaus, es stand auf einer Lichtung. Das war schlimm: Ohne Bäume sah ich den ganzen Berg, der ragte wie eine dunkle Wand unendlich hoch. Schnell nahm ich den Kopf wieder runter. Auf der Straße waren Bremsspuren. Vorne kam eine Notrufsäule, da wollte ich absteigen. Aber zum Glück ging es vorher in eine Kehre. Ich sah Bastis Gesicht und merkte, dass der genauso fertig war. Holla die Waldfee – der hat ja auch nicht mehr drauf als Zahnbelag!

Plötzlich fuhr ich automatisch. Ich wurde schneller. Mein Vorderrad war schon auf Höhe seines Tretlagers, er hielt nicht dagegen, auch nicht, als wir Lenker an Lenker keuchten. Ich fand meinen Rhythmus und ließ ihn stehen.

In der nächsten Kehre platzte er. Dieses Geräusch vergisst kein Rennfahrer: wenn der andere nicht mehr kann. Wenn er ausschnauft und sich das wie eine Maschine anhört, die ihren Überdruck durch ein Ventil bläst. Das pfeift, ich hatte das vorher noch nie gehört, aber ich wusste sofort, was es bedeutet: Der ist platt.

Am Parkplatz auf dem Gipfel hatte ich zwei Minuten Vorsprung, und der Trainer sagte sein größtes Kompliment:

Mensch Max, hast du einen Motor!

Dann rechnete er vor, dass ich fünf Kilo schwerer sei als Basti, wie viel Watt ich mehr aufs Pedal bringen müsse, Dauerleistung über zwölf Kilometer und so. Basti und ich waren gleich groß, aber das mit den fünf Kilo stimmte, obwohl ich schon allen Speck abtrainiert hatte. Seit dem Kandel galt ich als ernstzunehmender Bergfahrer.

Zwanzig Kilometer vor dem Mont Ventoux war die Spitzengruppe noch 15 Mann stark. Bei Manuel, der für die spanische Sparkasse fuhr, hing noch kein Schweißtropfen im Gesicht. Mario von den italienischen Staubsaugern schaute finster aus tiefen Augen, aber ich wusste, dass das nichts zu bedeuten hatte. Ich glaube, der konnte nicht bluffen, bis zu seinem Tod guckte der so, wie auf der letzten Rille unterwegs.

Meine Flasche war leer. Ich warf sie in hohem Bogen an den Straßenrand. Das hatte ich gleich in meinem ersten Rennen bei den Profis gelernt: leere Bidons nicht einfach fallen lassen – damit bringst du die anderen unnötig in Gefahr. Das Peloton hat ein doppeltes Gesicht. Man kämpft gegen die anderen um jeden Millimeter, das ist das eine. Aber jeder weiß, wie schnell er stürzen kann. Deshalb passt man aufeinander auf. Wir warnen uns mit Handzeichen, wenn Schienen schräg über die Straße laufen, damit keiner einfädelt. Und wenn einer anhält, weil er pinkeln muss, greift man nicht an.

Die Leute, die nicht Rad fahren, glauben ja, dass Doper fiese Menschen sind, denen man alle Gemeinheiten zutrauen kann. Aber so einfach ist das nicht mit Gut und Böse. Deshalb will ich endlich die ganze Geschichte erzählen.

Meine Flasche landete auf dem Gehweg. Zwei Jungs rannten. Der schnellere schnappte sie, der andere heulte. Da war Basti schon neben mir und gab mir eine volle. Viel trinken, sagte er. In dieser Hinsicht ging der Fortschritt in die falsche Richtung. Als ich mit dem Radfahren anfing, nahm ich Apfelschorle mit. Das war perfekt. Schmeckte süß, hatte aber auch Säure, die erfrischt. Jetzt schütten wir den ganzen Tag diesen isotonischen Scheiß in uns hinein, ein widerlich pappiges Zeug. Schon möglich, dass die Mineralstoffe dem Körper gut tun. Aber das Grapefruitaroma schmeckt ekelhaft. Auch nach sechs Stunden im Sattel, wenn du nicht mehr weißt, wie die Welt sich dreht, riechst du noch den Chemiebaukasten.

Bei den Frühjahrsrennen in Belgien habe ich direkt im Ziel ein Bier getrunken. Dazu noch eine Bratwurst, das war ein Fest. Dann wusste der Körper sofort: Jetzt ist die Schlacht geschlagen, finito, Feierabend.

Die Flasche, die Basti mir vor dem Mont Ventoux gab, war besonders. Bisher war das meine Aufgabe, den Kapitän mit Getränken zu versorgen. An heißen Tagen hatte ich immer zwei Pullen im Trikot. Auf der Landstraße in der Provence bekam ich zum ersten Mal den Nachschub ans

Rad geliefert. Ich schlug Basti auf die Schulter und sagte: *Grazie, gregario!* So heißen die Wasserträger bei den Italienern, und das klingt viel schöner. Sebastiano Gregario. Wir fuhren durch ein Lavendelfeld, diesen Duft hab ich noch immer in der Nase.

Die Landschaft war flach, am Horizont stand der einsame Berg. Ein breiter Klotz, allein in der Ebene. Man könnte problemlos um ihn rumfahren. Aber wir wollten da rauf. Ich konnte schlecht schätzen, wie hoch er war, weil es keine anderen Berge als Maßstab gab. Ein paar Kilometer später war der Riese wieder weg. Ein Hügel tauchte auf, mit ein paar spitzen Felszacken. Der war nicht ernst zu nehmen, aber groß genug, um den Klotz verschwinden zu lassen. Vielleicht ist der Mont Ventoux doch nicht so schlimm.

Bei Kilometer 218, in Bédoin, sind Basti und Jens noch bei mir. Sie kontrollieren die Gruppe. Ich hole die labbrige Packung aus dem Trikot und ziehe mir das Gel rein. Glucose, schmeckt ekelhaft süß, gibt aber ein gutes Gefühl: Jetzt hab ich genug Sprit für den Anstieg.

Es geht durch flache Weinfelder. *Bon courage*, ruft ein Franzose aus seinem Campingstuhl. Noch ein Dorf, dann fangen die Linien an. Nach jedem Kilometer ist ein Strich über die Straße gezogen. Der Wald tut gut, ich sehe nur bis zur nächsten Kurve. Kann hoffen, dass es dahinter flacher wird. Jens muss abreißen lassen, Manuel lutscht an meinem Hinterrad. Mario greift an, fliegt an uns vorbei. Basti ist auf Zack, geht sofort aus dem Sattel und im Wiegetritt hinterher. Kriegt den Ausreißer, ich kann locker aufschließen. Aber dieser Konter gibt Basti den Rest. Er explodiert, so wie damals am Kandel. Mit einem Schlag ist die Kraft weg, da ist auch ein Kämpfer wie er am Ende. Er hat sich aufgeopfert, jetzt pfeift er aus dem letzten Loch. Ich hoffe, er findet eine Gruppe, deren Tempo er halten kann. Wenn er allein diesen Berg hoch muss, nimmt die Schinderei kein Ende.

Im Rennen verhältst du dich genau andersherum wie im normalen Leben. Die Verkäuferin stöhnt, der Schüler stöhnt, das gehört zum guten Ton. Schon der zweite Test in dieser Woche, und jetzt noch ein Referat! Manche Schüler jammern fast so gut wie Lehrer. Wenn die eine Deutscharbeit korrigieren müssen, tun sie so, als käme gleich das Burnout, mit letzter Kraft retten sie sich in die Ferien.

Im Peloton dagegen tust du immer so, als ginge es dir blendend. Alle lauern, ob du Schwäche zeigst. Solange du dein Gesicht noch im Griff hast, lächelst du.

Jetzt kommt ein kleiner Skilift, der sieht im Sommer daneben aus. Ich schaue unter der Achsel nach hinten – wow, Manuel ist weg. Pascal vom *Team de la Baguette* steht wie ein Eimer, da nützen alle Anfeuerungen der Franzosen nichts. Nur Mario hält noch mit. Das gibt einen unglaublichen Kick. Wir spielen die Reise nach Jerusalem. Manuel habe ich aus den Schuhen gefahren, nur der kleine Italiener mit den großen Ohren ist noch da. Links kommen Stangen, für den Schneepflug. Der hat ja sonst nichts, woran er sich an diesem Berg orientieren kann. Der Wald ist passé, ich fahre auf dem Mond. Hier hält sich kein Baum mehr, sogar die Sträucher haben aufgegeben. Kein Gras, rechts und links nur Geröll. Steine, Ocker, Steine. Die Luft flimmert. Bitte jetzt keinen Wind.

Neben mir rennt der Teufel. Der heißt Didi und kommt aus Brandenburg; jeden Sommer tobt er drei Wochen durch

Frankreich und fuchtelt mit dem Dreizack. Ein paar Schritte hält er mit, dann ist er weg. Eine Frau im Bikini klatscht, ihr Mann lässt seinen Bauch über die Turnhose hängen. Neben ihm steht eine Kühlbox. *Allez, allez!* Der weiße Turm mit der gestreiften Antenne, das ist der Gipfel. Keine Ahnung, wie weit es noch ist bis dort. Reißverschluss auf, Luft an den Körper, so viel wie möglich.

Rechts, das muss das Simpson-Denkmal sein. Ein grauer Radfahrer aus Granit oder so, jemand hat ihm einen Schlauchreifen über die Schultern gehängt. Davor ein paar Stufen, darauf liegen Bidons. Hey Tom, warum musstest du auch noch Schnaps trinken, bei all dem Zeug, das du eingeworfen hast?

Links jubeln Fans. *Chapeau*, rufen sie, so wie Engländer halt Französisch können, *Chapooou*. Die meinen mich!

Mein zweiter Sommer auf dem Rad war der schönste. Da waren wir zu viert und fuhren jeden Tag gemeinsam. Bald kannten wir alle Sträßchen im Hinterland. Kein Auto machte Krach, wir hörten den Wind und ganz leise die Reifen. Dieses Geräusch macht süchtig. Wenn ein gelbes Ortsschild auftauchte, klickte hinten eine Schaltung. Dann wussten wir, dass Uli aus dem Windschatten zum Sprint ansetzen würde. In Hemmendorf schafften wir es, die Radarfalle auszulösen. Vor dem Dorf ging es nur kurz bergab, und Tempo 55 reichte nicht. Es blitzte erst bei 60.

Wir fuhren wild und unbekümmert. In den Bergen entdeckten wir einen See. Die Räder versteckten wir im Gebüsch, zogen uns aus und schwammen nackt. Dann setzten wir uns auf eine dicke Wurzel am Ufer und ließen uns von der Sonne trocknen. Basti holte sein kleines Radio aus dem Trikot, und wir hörten *Tour de France*. Bei der Heimfahrt machte Spindelinski den Kommentator nach:

Von Krämpfen geschüttelt, quält er sich den Galibier hinauf.

Die nächste Rampe ist brutal. Mario lässt seine Zunge heraushängen wie ein Hund, aber er hält sich zäh. Sein Vorderrad ist auf Höhe meines Schaltwerks. Ich bluffe. Mit Mühe kann ich den ersten Gang treten, aber ich schalte in den zweiten. Als ob ich noch so viel Kraft hätte, dass ich einen Zacken zulegen kann. Es wirkt – Mario platzt.

Schon ist er drei Stangen unter mir. Ich spüre Blutgeschmack im Mund, aber mit einem Schlag sind alle Schmerzen weg. Der Motorradfahrer mit der Anzeigetafel kommt. Darauf steht 1'05. Das ist mein Vorsprung: eine Minute und fünf Sekunden.

Jetzt ist es so, wie ich damals am Bergsee geträumt habe: Ich führe das Feld an, beim größten Rennen der Welt. *Tête de la course – Max Witt!* Das Verrückteste an diesem Traum: Ich muss nicht an meine Grenze. Ich könnte schneller fahren. Schon kommt der rote Lappen, nur noch ein Kilometer bis zum Ziel. Ich fliege auf den Mont Ventoux.

Vier Monate später, beim Fanclubtreffen im November, hat ein Apotheker aus Freiburg mir von der Aussicht auf diesem Berg vorgeschwärmt. Er hatte Fotos dabei, die waren unglaublich: Vom Gipfel siehst du gleichzeitig das Mittelmeer und die Alpen. Blaues Wasser, weißer Schnee, und im Dunst kannst du das Rhonetal erkennen.

Schade, das hab ich alles nicht mitbekommen. Ich sah

nur, dass der fiese Turm Fenster wie Schießscharten hat, und dass die Farbe blättert. Zwischen mir und der Aussicht standen die Lastwagen vom Fernsehen, der Himmel war voll mit Satellitenschüsseln. Helfer führten mich in eine große Muschel, die ragte über das Podest für den Sieger. Zwei Mädels zogen mir das gelbe Trikot über. Ich war unsicher, ob ich mit dem Küssen rechts oder links anfangen muss, aber die Blonde hat die Sache gedeichselt. Sie hat ihren Kopf so elegant gedreht, dass ich nichts mehr falsch machen konnte.

Dann musste ich mich voll auf die Reiskörner konzentrieren. Vor dem Pinkeln schnell in den Mannschaftsbus, der Kontrolleur wartete an der Tür. Auf die Fenster war Folie mit Werbung geklebt. Man konnte nicht reinschauen, nur raus. Hose runter und ein Reiskorn reingequetscht in die Harnröhre. War nicht einfach bei dem vielen Schweiß, alles war rot und glitschig. Zur Sicherheit noch ein zweites. Ich glaube, das hat sich verkantet. Meine Eichel brannte wie die Hölle.

Die Dinger waren natürlich keine Reiskörner, die sahen nur so aus. Willy hat sie mir gegeben und irgendwas von Enzymen gesagt. Die haben ein neues Nachweisverfahren, aber wenn du beim Pinkeln die Körner drin hast, finden die kein EPO mehr. Keine Ahnung, was das für ein Granulat war. Aber es hat funktioniert.

Alpe d'Huez

Regen ist schlimmer als alle Berge. Ein Berg ist eine klare Sache: Er kann so steil sein, wie er will – irgendwann ist er zu Ende. Beim Regen weißt du das nicht. Manchmal glaubst du, dass er nie wieder aufhört. Am schlimmsten ist es, wenn du im Winter allein trainierst. Egal, was die *Victory*-Leute in der Werbung über Membranen und verschweißte Nähte dichten – nach zehn Minuten bist du nass bis auf die Haut. Hast aber noch 200 Kilometer vor dir, die du laut Trainingsplan abspulen musst. Als Basti nicht mehr mitfuhr, war die Versuchung gewaltig, solche Fahrten abzukürzen. Und schon nach drei Stunden unter die heiße Dusche zu steigen.

Beim Rennen ist der Regen anders blöd. Da sitzt du im größten Springbrunnen der Welt. Von jedem Hinterrad spritzt eine Fontäne nach oben. Wenn du hinten fährst, sieht das aus wie eine Wolke, die über dem Feld schwebt. Aber das Wasser kommt ja wieder runter. Vom Vorderrad gibt's auch eine Fontäne, die kriegst du direkt von unten ab. Der Strahl bringt den Dreck der Straße mit.

Deshalb fahre ich bei Regen lieber vorn. Da gibt's weniger vom Springbrunnen, und wenn's regnet, hast du selten Gegenwind. Außerdem gibt es weniger Fahrer, die vor dir stürzen können.

Auf der Königsetappe hatten wir beides, Regen und Berge. Wir steckten in einem engen Tal, oben sah man Schnee und Gletscher. Aber bald sahen wir nichts mehr, weil sich ein grauer Deckel zwischen die Felsen klemmte. Mit jedem Kilometer wurde der Regen kälter. Die Straße war schmal, das Peloton blieb dicht beieinander. Der Springbrunnen war mindestens hundert Meter lang. In diesem Piss entdeckte ich etwas Erstaunliches: wie das gelbe Trikot wirkt.

Ich wollte nach vorn. Das ist in so einer Situation ziemlich schwierig, weil jeder auf der nassen Straße alles Risiko vermeidet. Keiner macht Platz, keiner will bremsen. Aber mit dem gelben Trikot fuhr ich wie Mose – vor mir teilte sich das Meer. Die Jungs gaben die Gasse frei, ich rollte geschmeidig durch das Feld. Das war ein magischer Moment, mitten im Trüben. Mit dem Ehrentrikot war ich ein anderer. Das ganze Peloton zeigte mir Respekt. So geschmeidig wie der Kanzler rollte ich durch den Verkehr. Und ich brauchte nicht mal Blaulicht.

Ein paar klopften mir auf die Schulter, es gab Sprüche, die waren nett gemeint:

Schönes Ding am Ventoux!

Kette rechts zum Lautaret!

So hieß der erste Pass. Der war nicht schlimm. Es ging durch eine Lawinengalerie, aber die gehörte noch nicht richtig zum Gebirge; neben der Straße standen Leitplanken. Am Col du Lautaret kam ein Flachstück zum Erholen, erst dann ging's auf den Galibier. Das war der höchste Berg der ganzen Tour, 2.600 Meter und ein paar Zerquetschte. Die Straße hing wie ein schmaler Fenstersims an einer grauen Wand. Hier war die Leitplanke weg, und den Mittelstreifen sparte man sich auch. In den Kurven ging die Straße in den Himmel. Jetzt fuhren wir ganz oben. Und ich sah etwas Weißes auf dem nassen Asphalt: fette Blockbuchstaben. Sie waren nicht quer über die Fahrbahn gemalt. Sie standen hintereinander, jeder war so groß wie ein Vorderrad:

M
A
X
W
I
T
T

Ich kannte das von anderen Pässen, dass Fans die Namen ihrer Helden auf die Straße gepinselt haben: Hinault, Indurain, Pantani. Die Farbe hielt sich erstaunlich lang, in den Pyrenäen stand sogar noch Eddy Merckx. Aber jetzt fuhr ich auf den höchsten Berg der Tour und rollte über meinen Namen!

Kurz hinter dem zweiten T wurde der Regen weiß. Es war kein richtiger Schnee, das waren mehr Tropfen als Flocken, aber sie waren kalt. Bei jedem Tritt schwappte das Wasser in den Radschuhen. An den Waden fing es an zu prickeln, wie wenn Split gegen das Schienbein spritzt.

Die haben gestreut, sagte Basti, der neben mir fuhr.

Das war ein gutes Gefühl: Fünf Mann aus meinem Team waren bei mir. Sie schirmten mich nach allen Seiten ab, auch Sören war sich nicht zu fein für die Leibwache. Jeden Meter musste ich mit einem Angriff des kleinen Italieners rechnen. Aber sofort würde einer von meinen Männern an sein Hinterrad springen. Ich konnte Kraft sparen und locker abwarten, bis der Ausreißversuch verpufft.

Oben sah ich ein dunkles Loch. Das musste der Tunnel sein. Natürlich durften wir den nicht benutzen, da drin wär's ja trocken gewesen. Wir mussten oben rum über den kahlen Gipfel. Wenn schon, denn schon.

Vor dem Tunnel musste das Denkmal kommen. Ich drehte mich zu Basti um, der links hinter mir fuhr, und sagte:

Hol dir das Souvenir!

Dann streckte ich meinen Arm nach ihm aus, packte seine Hand und schleuderte ihn wie beim Sechstagerennen nach vorn. Er in den Wiegetritt, Unterlenkergriff, und holte sich das *Souvenir Henri Desgrange*. Ich glaube, das waren

7.000 Mark. Diese Prämie gibt's für den, der als erster das Denkmal von Henri Desgrange passiert. Der hat die Tour erfunden und war pervers: richtete ein Radrennen aus, damit sich seine Autozeitung besser verkaufte. Jagte die Fahrer über den Galibier, damit Frankreich tüchtige Soldaten kriegte. So gesehen ist es ein Fortschritt, dass wir für Handys fahren.

Bei der Abfahrt war ich froh über das Streusalz. Das Wasser schoss die Straße hinunter, in den Spurrillen schwammen weiße Schlieren. Ich fror überall: an den Schenkeln, in den Fingern, hinter der Stirn. Erinnerte mich an den Trainer, was er mir für bergab eingebläut hat: Arsch runter, Gewicht auf den Sattel, mit beiden Hebeln gleichmäßig bremsen, sonst schmiert das Hinterrad weg.

Du überlegst ja erst hinterher. Nach der Massage, wenn du im Bett liegst: Dass die Reifen dünner sind als ein Daumen. Dass die Auflagefläche nicht dicker ist als ein Bleistift. Dass die Felgenbremsen bei Regen nicht wirklich was können. Dann bist du froh, dass wir nicht wie sonst mit 90 den Pass runtergekachelt sind. Dass alle vernünftig waren und wir nur 70 drauf hatten.

Die Leute haben ja keine Ahnung vom Sport. Die glauben, du wirfst was ein, und dann läuft das. Aber so einfach ist das nicht: Mit EPO allein gewinnst du nicht die *Tour de France*. Du solltest schon Rad fahren können.

Zum Beispiel bei der Abfahrt vom Galibier: Du weißt nicht mehr, wie du den Lenker halten sollst, aber du musst dich 17 Kilometer lang brutal konzentrieren. Nicht zu viel bremsen, sonst kostet jede Kurve Kraft, weil du hinterher ein Loch zufahren musst. Ohren auf im Straßenverkehr:

Die Antennen nach hinten ausfahren, ob einer angedonnert kommt, der's nicht im Griff hat. Immer bereit sein zum Ausweichen, aber keinen Zentimeter verloren geben.

Dann kam Pass Nummer drei. Der Col de la Croix de Fer ist so ein Coitus-Interruptus-Berg: eine Rampe hoch, dann wieder ein bisschen runter. Du freust dich nicht über die Erholung, weil du weißt, dass du die Höhenmeter, die du gerade verdaddelst, beim nächsten Steilstück wieder draufgepackt kriegst.

Als ich schon über Kreuz guckte, wurde auch noch die Straße anders. Plötzlich war der feine Asphalt zu Ende. Wir fuhren über Steinchen, die mit Teer verbacken waren. Ein Autofahrer merkt das gar nicht, aber mich hat der raue Belag in die Verzweiflung gerubbelt. Vorher war's nur steil, jetzt fuhr ich auf grobem Schmirgelpapier. Die Körner rüttelten mich durch, meine Hände kribbelten am Lenker. Split lag lose herum. Ich glaubte, ich dreh durch. Die Trinkflasche nahm ich aus dem Halter. Sie war voll. Ich warf sie fort, damit ich leichter werde.

Basti merkte, dass ich den Kampf aufgeben wollte. Da ist er rustikal geworden. Auf der groben Straße hat er den Spruch gebracht, der hinterher in ganz Deutschland die Runde machte. Er hat gemerkt, wie dieser Berg mich wund scheuert. Dass ich es mit gutem Zureden nicht bis zum eisernen Kreuz auf der Passhöhe schaffe. Da hat er mich angeblafft:

Quäl dich, du Sau!

Gehätschel hätte mir in dieser Situation nicht geholfen. Ein gut gemeinter Lehrerspruch, und ich wäre vollends ins Selbstmitleid geplumpst. Und dann passierte noch etwas

Verqueres in meinem Kopf. Das hat mich an diesem Tag gerettet.

Nach der Abfahrt mussten wir durch ein ödes Tal mit einem Stausee. Dort griffen die *Baguettes* an. Der Plan war leicht zu durchschauen: Die Mannschaft wollte im Flachen einen Vorsprung herausfahren, damit ihr Kapitän mich am letzten Berg knacken konnte. Im Anstieg nach Alpe d'Huez muss jeder an seine Grenzen. Aber die 21 Spitzkehren fühlen sich an wie 42, wenn du schon in der ersten Kurve keinen Sichtkontakt mehr hast zur Konkurrenz. Dann wird die Sache hoffnungslos.

Der schöne Pascal von den *Baguettes* war ein guter Bergfahrer. Außerdem kam er mit der Kälte besser zurecht als ich. Wir sind schon in der Jugend regelmäßig Rennen gegeneinander gefahren. Meistens habe ich gewonnen. Weil ich im Kopf stärker war. Pascal war bekannt für seine wilden Attacken. Er griff früh an, so ungestüm, als ob es kein Morgen gäbe. Die meisten ließen sich von dieser Wucht beeindrucken, und die Zuschauer liebten das Spektakel, das er ihnen bot. Aber wenn man ruhig blieb, konnte man abwarten, bis er sein Pulver verschossen hatte. So war das auch, als ich Weltmeister wurde: in zehn Runden fünf Ausreißversuche von Pascal. Im Finale zog der keine Wurst mehr vom Teller.

Bei den Profis mussten wir beide wieder klein anfangen. Er als Wasserträger bei den *Baguettes*, ich bei den Handys. Auf der siebten Etappe von *Paris-Nizza* fuhr ich am Anschlag. Mit Ach und Krach hielt ich mich am Ende des Pelotons. Ich konnte meiner Mannschaft nicht mehr helfen und hatte Schiss, das Ziel nicht auf dem Rad zu erreichen.

Da sehe ich Pascal. Der lässt sich hinten aus dem Feld fallen. Aber der steigt nicht in den Besenwagen, der alle einsammelt, die auf der Strecke bleiben. Nach ein paar Minuten kommt er zurück vom Mannschaftsauto, mit einem halben Dutzend Flaschen. Der hat einen Buckel wie der Glöckner von Notre-Dame, weil alle Taschen voll sind und er sich oben am Rücken noch ein paar Bidons ins Trikot gesteckt hat. Die bringt er nach vorn zu seinen Männern. Und kurbelt so lässig an mir vorbei, als ob er die letzten sechs Etappen im Bus gefahren wäre.

Damals war Willy schon mein Masseur. Am Abend hab ich mich bei ihm ausgeheult.

Du weißt doch, wie gut ich im Winter trainiert habe. Ich bin ohne Erkältung durchs Frühjahr gekommen. Und jetzt lässt mich dieser kleine Scheißer stehen, als ob er Dynamit in den Beinen hätte.

Willy hat geknetet und geschwiegen. Er schaute ins Leere wie ein Blinder. Dann sagte er:

Wir fahren mit zwei Geschwindigkeiten. Wird Zeit, dass du den großen Gang einlegst.

In der Schule hab ich bei Herrn Wiedenhöfer ein cooles Wort kennengelernt, das hieß *Phänomenologie*. Hatte irgendwas mit Philosophie zu tun. Wenn man dieses Fremdwort abtropfen lässt, wirkt man richtig intellektuell. Und die meisten trauen sich nicht zu fragen, was es bedeutet. Von einem Rennfahrer habe ich dieses Wort noch nie gehört. Was hat der auch mit Hegel am Hut? Genauso oft habe ich im Peloton das Wort *Doping* gehört, nämlich nie. Keiner hat das D-Wort benutzt, alle haben es fein umschrieben. Wenn zum Beispiel Sören fragte: Hast du genug für deine

Gesundheit getan?, dann meinte er: Hast du genug EPO intus? Dieses Mittel nannte man natürlich auch nicht beim Namen. Manche sagten *Vitamin E*, andere fragten: Warst du bei Onkel Edgar?

Auf jeden Fall hat Willy mich an diesen Beschleuniger herangeführt. Er hat das geschickt eingefädelt. Wir hatten einen Italiener in der Mannschaft. Weil ich niemand reinreiten will, nenne ich den jetzt mal Papa Alberto. Der hatte ein traumhaftes Haus in der Toskana, das stand zwischen Olivenbäumen. Willy organisierte, dass ich zehn Tage lang dort trainieren konnte. Ich wohnte bei Alberto, zu zweit fuhren wir durch die Hügel. Seine Frau kochte, wir aßen mit der Familie, und nach dem Espresso zeigte mir Papa, wie man spritzt. Dann hat er an meinem Rad noch die Schaltung gerichtet, weil der Umwerfer streifte. An meinem Arm sah man nicht mehr als einen Mückenstich.

Das größte Problem war der Trainer. Ich wohnte damals bei Familie Eisenbeiß in der Einliegerwohnung, zusammen mit Basti. Wir nannten das die Radsport-WG, und es war eigentlich eine schöne Zeit. Seine Mutter wusch unsere Sachen und sorgte dafür, dass der Kühlschrank voll war. In Bastis Zimmer stand der Esstisch, in meinem hängten wir eine Discokugel an die Decke. Über das Sofa schraubten wir zwei Halterungen für die Rennräder. Das sollte so cool aussehen wie ein Loft in New York. Meist hing aber nur die Maschine von Basti an der Wand. Meine passte nicht zum Style, ich war nicht so fanatisch beim Putzen.

Mit EPO hatte Basti kein Problem. Er merkte schnell, dass er genau zwei Möglichkeiten hatte: Auch was zu nehmen, oder die Sportart zu wechseln. Aber er wusste so gut wie ich, dass sein Vater dafür kein Verständnis hatte. Der Eisenbeißer glaubte unverbesserlich an den Sport: Jeder, der an den Start geht, hat die gleiche Chance. Radfahren ist gesund. Wind ist gut für den Charakter.

Im Training ließ er das saubere Fahren üben: einbeiniges Pedalieren für den runden Tritt. Schubphase am oberen Totpunkt, Gleitphase am unteren, Trittfrequenz bei der Grundlagenausdauer nicht unter 90 Umdrehungen.

Ich will mir gar nicht vorstellen, was passiert wäre, wenn der Trainer unsere Spritzen gefunden hätte. Aber in der Abstellkammer neben Bastis Zimmer stand ja noch seine Modelleisenbahn. Im Tunnel unter der Burg Lichtenstein versteckten wir das Vitamin E.

Problem war: Das Zeug musste kühl gelagert werden. Wenn wir unsere kleine Kühltasche quetschten, passte sie gerade so in den Tunnel. Alle paar Tage streckte einer von uns die Hand durch das Portal. Wenn sich die Tasche warm anfühlte, füllten wir Eiswürfel nach.

Seit ich spritzte, war das Problem mit Pascal gelöst. Das Kräfteverhältnis zwischen uns war wieder wie früher. Er verlor jetzt halt bei höherem Tempo gegen mich.

Das gab mir auf der Etappe nach Alpe d'Huez den nötigen Kick. Ausgerechnet der will mich abhängen – das reizte mich zum Widerstand. Der Regen hatte aufgehört, es wurde warm. Das Streusalz vom Galibier brannte an den Waden. In Kehre 19 roch ich zum ersten Mal an diesem Tag etwas – die Bremsbeläge der Begleitfahrzeuge. Am Streckenrand parkte ein Wohnmobil hinter dem anderen. Das war eine weiße Wand, vor der die Zuschauer standen.

Das Motorrad bahnte eine Gasse frei, sie war nicht breiter als mein Lenker.

Allez Pascal, tobten die Franzosen.

Irgendwann wurde die Straße orange, das musste die Holländerkurve sein. Dann begannen die Absperrgitter. In Kehre 3 ließ ich Mario ziehen. Das konnte ich mir leisten, der hatte genug Rückstand. Aber Pascal, den kaufte ich mir. Er ging aus dem Sattel und riss wie wahnsinnig am Lenker. Ich kurbelte im Sitzen weiter. Weil ich wusste, dass ihn das rasend macht.

Alpe d'Huez ist der hässlichste Ort, den ich kenne. Da haben sie Häuser hingeklotzt, in denen werden im Winter die Skifahrer gestapelt. Im Sommer will da keiner hin. Außer uns, wir müssen. Deshalb sperren sie für einen Tag die Hotels auf. Das Zimmer roch nach Mottenkugeln.

Ruhetag Straßburg

Man stellt sich Geschwindigkeit so toll vor. Wer schneller fährt, ist früher da und hat mehr Zeit am Ziel. Aber das stimmt nicht. Bis Straßburg hatten wir 3.395 Kilometer abgespult. Alle hohen Berge lagen hinter uns, alle anderen waren langsamer als ich. Bis Paris waren es noch drei Etappen und das bisschen Champs-Élysées. Höchstens Pascal konnte mich vor dem Ziel noch überholen. Er war Zweiter, Rückstand drei Minuten zwölf. Aber gerade deshalb wurde der Ruhetag pervers. Der hatte keine 24 Stunden mehr. Der fühlte sich an, als ob jemand die Taste mit dem schnellen Vorlauf gedrückt hätte.

Bei der *Tour de France* hast du in drei Wochen zwei Ruhetage. Der erste war perfekt. Es war heiß, ich war gut über die Pyrenäen gekommen und konnte beim Frühstück trödeln. Gegen Mittag stieg die Mannschaft aufs Rad, wir kurbelten lockere 70 Kilometer. Die Seltenfahrer verstehen das ja nicht: warum wir an unserem freien Tag genau das tun, was wir an allen anderen Tagen auch machen. Warum wir wieder Rad fahren, statt uns in den Liegestuhl zu fläzen. Ich frag dann zurück: Machst du am Sonntag den Computer an? Checkst du deine Mails?

Auch wir haben Angst davor, aus dem Rhythmus zu kommen. Dass uns etwas unvorbereitet trifft. Deshalb setzen wir uns am Ruhetag aufs Rad, damit die Beine locker bleiben. Auf dieser Runde quälen wir uns nicht. Zweieinhalb Stunden, 30er-Schnitt, das ist so, wie wenn sich der kleine Kevin auf sein Mountainbike setzt und zur Eisdiele cruist.

Am ersten Ruhetag horchte ich in mich hinein. Es lief gut, ich spürte nur die Müdigkeit. Gähnte mir einen ab, aber fast nichts tat weh. Nach dem Duschen musste ich mich im Hotel eine Weile in die Lobby setzen und auf Journalisten warten. Zwei wollten was von mir, jeder stellte drei Fragen. Dann kriegte das Fernsehen noch seine Extrawurst. Für die Kamera schraubte ich ein bisschen am Rad herum und sagte, dass ich motiviert sei.

Auf den zweiten Ruhetag hatte ich mich schon vor dem Start gefreut. Von Straßburg sind es ja nur ein paar Kilometer bis Bottighofen. Bastis Vater wollte uns mit dem Auto abholen, dann könnten wir im eigenen Bett schlafen. War ein schöner Plan. Aber je länger ich im gelben Trikot fuhr, desto klarer wurde, dass ich den Heimschläfer knicken kann.

Nach dem Mont Ventoux klingelte ein Reporter bei meiner Mutter. Der Mann vom fetten *Blatt* wollte ein Kinderbild aus meinem Fotoalbum. Vor dem Col de la Madeleine rief *Radio Ga Ga* bei meiner Freundin an, sie war gleich live auf Sendung. Die wollten von Kathrin wissen, wie gut ein Rennfahrer nach 260 Kilometern im Sattel noch drauf sei. Als wir am Grand Ballon den letzten Angriff von Pascal parierten, war Big Brother schon in Bottighofen. Am Kelterplatz bauten zwei Ü-Wagen auf. Frau Eisenbeiß wurde gefilmt, wie sie unsere Bettwäsche zum Trocknen aufhängte.

Für Basti war's richtig bitter: Er lag in Straßburg unauffällig im Mittelfeld, mit einem Rückstand von einer Stunde und 53 Minuten. Wenn er am Ruhetag nach Hause gefahren wäre, hätte sich im Normalfall nur der Lokalsport des *Badischen Boten* für ihn interessiert. Aber jetzt war er gefragt wie nie. Die Journalisten sahen in ihm nicht mehr den Wasserträger, sondern die Hintertür zum Helden. Deshalb konnte auch Basti am Ruhetag nicht nach Hause in unser belagertes Dorf.

Je schneller ich fuhr, desto blöder wurden die Fragen. In Straßburg reichte die Hotelhalle nicht mehr, das hätte Chaos gegeben. Ich musste in einen Konferenzraum, von dem ich damals noch nicht wusste, dass die auf der ganzen Welt gleich öde sind. Der Saal war voll, Fotografen und Kameramänner lieferten sich Positionskämpfe. Am Anfang fragte ein ganz forscher Journalist:

Welcher Berg war der härteste Gegner?

Kein Berg ist ein Gegner, sagte ich, dem ist es wurst, ob ich an ihm Rad fahre oder nicht. Das ist nichts Persönliches, der Mont Ventoux hat nichts gegen mich. Der will mir nichts beweisen, der steht einfach nur da.

Max, fühlst du dich als Held?

Wieso, muss ich wen retten? Ich fahr halt Rad.

Aber du fährst doch für Deutschland.

Nö, ich fahr für mich.

Bei den ersten Fragen war ich noch sportlich unterwegs. Aber bald hatten die mich weich gekocht.

Max, wie viel Gänge hat dein Rad?

Ich merkte, dass die meisten Journalisten, die mir gegenübersaßen, noch nie ein Rennen verfolgt hatten. Das ist nicht schlimm – deshalb kann man ja Fragen stellen. Aber die interessierten sich gar nicht für meinen Sport. Die Veranstaltung nannte sich Pressekonferenz, aber in Wirklichkeit war das ein Flashback in die Unterstufe, als man den Mädchen was ins Poesiealbum schreiben musste.

Hast du einen Glücksbringer?

Was ist dein Lieblingsessen?

Welche Hobbys hast du?

Wie heißt dein Lieblingstier?

Ungelogen, das haben die gefragt. Ich war so verzweifelt, dass ich von meinem Meerschweinchen erzählte. Mit 16 hatte ich das meiner kleinen Schwester geschenkt. Ich war natürlich nicht so blöd zu sagen, dass ich keine Lust mehr auf das Tier hatte. Ich erzählte, dass ich zu oft weg war, Trainingslager und so. Ein paar Blätter haben das zu einer Riesengeschichte aufgeblasen: der Star mit den menschlichen Zügen. Erbarmungslos am Berg, hart gegen sich und andere. Der Held, der kämpft und leidet – aber dann die weiche Seite, der kuschelige Kern.

Ehrlich, ich war fast froh, als die Fragen zum Doping kamen. Die waren damals nicht aggressiv. Die klangen nach Pflichtaufgabe, die der Journalist halt abhaken muss. Ich fuhr ja im gelben Trikot, für mich ging es in der Spirale nach oben. Und ich hatte bei diesem Thema schon Routine. Erzählte von den 13 Proben, die ich seit der *Ruta del Sol* abgeben musste, alle negativ. Gute Form durch hartes Training, gesteuert nach wissenschaftlichen Erkenntnissen.

Es war eigentlich ganz einfach. Ich musste noch nicht einmal lügen. Ich erzählte nur die halbe Wahrheit, und alle waren zufrieden. Als Trumpf spielte ich die deutsche Karte aus. Sie stach:

Im Gegensatz zu anderen Ländern – an dieser Stelle legte ich ein wissendes Grinsen in die Mundwinkel – gibt es bei uns ja unangemeldete Trainingskontrollen. Dieses Netz ist so dicht, da schlüpft keiner durch die Maschen.

Solche Sprüche hatte ich damals schon so routiniert drauf wie ein Radiomann, der den Stau auf der A8 ansagt. Die Nachrichten sind zu Ende, jetzt kommt irgendwas von Phil Collins. Aber ich konnte mich nicht entspannt zurücklehnen. Zu mir kam Jo Becker.

Der stand mit Fahrrad und Bodyguard vor dem Hotel. Beide trugen unser Teamtrikot. Becker sah darin aus wie ne Wurst im Darm. Unser Pressesprecher tat furchtbar wichtig mit ihm. Der sei Bildungssenator. Und begeisterter Radsportler. Ich solle eine Runde mit ihm fahren.

Ich dachte erst, der Mann heißt Joe. Aber das war falsch. Der hatte kein E, sein Vorname sollte auch nicht nach Cowboy klingen. Sondern kühl und vornehm: Jo Becker. Dass ein Minister in Hamburg Senator heißt, habe ich auch erst später kapiert. Aber dass mit dem Rad von Becker etwas nicht stimmte, ist mir gleich aufgefallen. Der Typ wog bestimmt zwei Zentner und war zu schwer für den Sattel, eine Strebe hatte sich verbogen. Ich bin mit ihm zu unserem Mechaniker, der hat das auf die Schnelle gerichtet, und der Senator war froh, dass er nicht mehr schief saß.

Ich hatte halt schon immer einen Linksdrall, sagte er, und das klang so, als ob man darauf stolz sein müsste.

Unterwegs hat er auch viel geredet. Er fuhr neben mir, der Bodyguard schirmte uns hinten ab. Der Senator schwitzte fürchterlich, bei jedem Tritt schwabbelte hinter dem Knie ein Hautlappen vom Oberschenkel. Er fuhr mit Helm, die schwarzen Riemen quetschten seine Backen. Ständig kontrollierte er seinen Pulsmesser.

Als wir durch eine Allee rollten, kannte ich schon sein halbes Leben. Oder halt die Hälfte von der Hälfte, die er zeigen wollte: Als Jugendlicher ist er Radrennen gefahren. Dann kamen die Straßenkämpfe, irgendwas mit Pflaster und Strand, da hätten ihn die Bullen auf Trab gehalten. Er war mächtig stolz auf den Skandal, dass er Turnschuhe anhatte, als er zum Minister vereidigt wurde. Jetzt wollte er abnehmen. Daraus machte er ein Riesenthema, seine Diät hörte sich an wie Philosophie:

Ich bin auf dem langen Weg zu mir selbst.

Mein Problem ging in die andere Richtung. Nach zwei Wochen *Tour de France* hatte ich kein Fett mehr am Körper. Beim Frühstück saßen wir auf harten Bistrostühlen. Schon nach einer halben Portion Spaghetti tat mir der Arsch weh. Ich spürte die Knochen auf dem Holz. Das fühlte sich an, als sei die Haut das einzige Polster.

Jo Becker hat ohne Ende über das Fahrrad geredet. Der grüne Motor, das Fortbewegungsmittel der Zukunft, der Bypass gegen den Verkehrsinfarkt. Mindestens zwei Kilometer lang zitierte er einen französischen Professor, der intellektuelle Sachen über die *Tour de France* geschrieben hat. Das Rennen ist der totale Mythos, sagte Becker in großem Tonfall. Er hatte nur eine Hand am Lenker, die andere schwang er wie ein Redner durch die Luft:

Es gibt vier Arten der Bewegung: Führen, Verfolgen, Ausbrechen, Zurückfallen. Das Zurückfallen ist eine Vorform der Kapitulation. Und das Ausbrechen ist wirkungslose Poesie.

Man muss ja nicht blöd sein, nur weil man Rad fährt. Aber ich bin mir nicht sicher, ob ich das verstanden habe. Vielleicht hab ich auch mehr Ahnung von Ausreißversuchen als der Minister. Klar war, dass er das Fahrrad für die Supermaschine hielt: macht schlank, rettet die Umwelt, und – Simsalabim – im Sattel wird aus einem Sesselfurzer ein spannender Typ.

Am nächsten Tag brachten die deutschen Zeitungen Fotos von Becker und mir, Lenker an Lenker. Mal legte er mir eine Hand auf die Schulter, mal machte er das Victory-Zeichen. Es war nicht klar, ob das mir galt oder seinem Weg zu sich selbst. Aber der Senator kam dynamisch rüber.

Die blödesten Sachen passieren einem Radfahrer, wenn er nicht fährt. Am Ruhetag wurden alle interviewt, die seit der Erfindung des Pedals irgendetwas mit unserem Sport zu tun hatten. Dabei sagte Bernard Hinault etwas Gigantisches: dass ich die *Tour de France* öfter gewinnen könne als er. Das muss man sich mal vorstellen: Er hat das größte Rennen der Welt fünfmal gewonnen. Ich hatte noch 547 Kilometer bis Paris, die ich unfallfrei überstehen musste. Dann hätte ich meinen ersten Toursieg. Aber der große Hinault sprach schon von Nummer sechs.

Der Ruhetag in Straßburg wurde für mich erst nach der Massage entspannt. Ich lag auf dem Bett und telefonierte mit Kathrin. Aber dann wurde auch das ungemütlich. Basti lungerte neben mir und zappte sich durchs Fernsehen. Vor ihm habe ich eigentlich keine Geheimnisse. Aber das Thema, mit dem sie jetzt ankam, wollte ich dann doch nicht besprechen, wenn er mithört.

Ich sagte zu Kathrin, dass ich gleich zurückrufen würde. Zu Basti sagte ich, dass ich noch ein bisschen frische Luft bräuchte. Aber draußen konnte ich nicht telefonieren – keine Ahnung, wer da rumlief und auf einen Satz von mir scharf war. Ich klopfte bei Willy und ließ mir den Schlüssel vom Materialwagen geben. Der war unsere rollende Nachschubzentrale: Hinten hingen die Ersatzräder, die Maschinen fürs Zeitfahren und alles, was die Mechaniker brauchten. Davor war sozusagen die Speisekammer. Die hatte Schubladen und Kühlschränke für unsere Verpflegung. Dort hockte ich mich auf den Boden, der so sauber war, dass man von ihm essen konnte, und zog die Tür zu.

Kathrin war nicht zu bremsen. Ihre beste Freundin hatte sich den Busen machen lassen und war völlig im Glück.

Heute waren wir einkaufen. Susanne braucht jetzt D-Körbchen. Das sieht toll aus: viel größer als vorher und trotzdem straff.

Mir war klar, dass das keine Bildbeschreibung werden sollte. Dafür hätte ich mich nicht hinter den Kühlschrank verkrümeln müssen. Sie kam dann auch ziemlich schnell zur Sache.

Ich will das auch haben. Meine sind zu flach.

Seit einem Jahr war ich mit Kathrin zusammen. Sie studierte Psychologie in Freiburg und jobbte in einer Cocktailbar. Dort sind mir ihre Augen aufgefallen. Die strahlten, obwohl sie nicht blau sind. Sondern irgendwas zwischen grün und grau, von der Farbe her eigentlich unspektakulär. Kurz darauf haben wir uns zum Inlineskaten verabredet. Da fiel mir auf, dass sie einen unglaublich knackigen Hintern hat.

Ihr Körper ist nicht extrem. Sie hat lange Beine und schlanke Arme, alles im richtigen Verhältnis. Ihre Lippen sind schmal und fühlen sich weich an. Am Anfang glaubte ich, ihre Haare seien gefärbt. Die waren schulterlang und hatten leichte Locken. Aber bald erzählte sie mir stolz, dass die naturblond sind. Und sonst war sie überhaupt nicht blond. Sie gehörte zu den Frauen, die es nicht nötig haben, nett zu sein. Ihre weiße Bluse war gut gefüllt, trotzdem bediente sie freundlich. Beim Gin kannte sie sich aus und empfahl mir den aus der blauen Flasche. Bald merkte ich, dass sie auch von Petrarca mehr Ahnung hatte als ich.

Eigentlich ist Kathrin ziemlich ausgeglichen. Aber als ich im Mannschaftswagen neben dem Kühlschrank mit dem Vitamin E hockte, war mir klar, dass sie wieder ihren Rappel hat. Dann ist sie wie ein Terrier, der sich festbeißt. Egal, was ich dann sage – es ist falsch. Wenn ich anderer Meinung bin, schnappt sie nur noch wütender. Wenn ich elegant das Thema wechseln will, wird sie sauer. Eigentlich kann ich sie in so einer Situation nur bestätigen und hoffen, dass sie die Sache vergisst.

Aber dafür war mir ihr Busen zu wichtig. Er passte vom Format genau zu ihrem Körper. Beide Brüste waren gleich groß und straff. Die Haut fühlte sich an wie Seide, ihre Brustwarzen waren prall und reagierten schnell, wenn ich sie berührte. Manchmal trug Kathrin einen Ausschnitt, dass ich mich beherrschen musste, nicht gleich an der Bar reinzugrapschen.

Natürlich gibt es größere. Aber ich konnte ihr ja schlecht sagen, wie gut ich üppige finde. Ich wollte ihr auch nicht erzählen, wie blöd sich Silikonmöpse anfühlen. Ich weiß wirklich nicht mehr, wie die Frau hieß, die mich mit ihrer Oberweite angemacht hat. Im Spitzen-BH sah ihr Busen unglaublich aus, das pralle Leben in Doppel-D. Aber ohne Hülle war der Reiz weg. So straff können Brüste mit diesem Kaliber gar nicht sein. Die sahen künstlich aus, wie zwei Riesenflummis, die man unter die Haut gestopft hat. Außerdem lagen sie nicht weich in der Hand, die standen aufrecht wie bei einer Gummipuppe. Seither weiß ich, dass der Spruch nicht stimmt: *What you see is what you get.*

Ich mag dich doch so, wie du bist, sagte ich.

Aber ich seh doch, wie du mit den Augen fremdgehst.

Echt jetzt – merkst du das?

Ja, aber das ist nicht schlimm. So ist das halt mit Männern und Frauen. Kennst du das Foto von Sophia Loren und Anita Ekberg?

Muss ich?

Da sitzen die beiden nebeneinander. Beide richtig aufgebrezelt. Und Sophia Loren schielt unglaublich eifersüchtig ins Dekolletee der Ekberg.

Wie bitte? Sie war doch eine Ikone!

Da hast du's! Es gibt so viele Männer, die kein Auge für hohe Wangen haben. Aber pralle Brüste sieht jeder.

Ich bin dann ein taktisches Rennen gefahren.

Hast du *Radio Ga Ga* schon vergessen? Überleg mal, was das für einen Hype gibt, wenn aus B über Nacht Doppel-D wird. Ich seh schon die Vorher-Nachher-Fotos. Ins fette *Blatt* schaffst du es garantiert auch mit einem Plastikbusen – auf die Seite *Katjas Klatsch*, herzlichen Glückwunsch!

Das war schon bizarr. Ich hockte im Materialwagen, neben dem Kühlschrank mit den Spritzen, und erzählte meiner Freundin, wie schön ein natürlicher Körper sei.

Arc de Triomphe

Wir Radfahrer haben ein Gefühl für die Straße. Da gibt's große Unterschiede. Wir kennen das grobe Pflaster in Flandern, wir lieben die eleganten Kurven bei San Remo. Im Süden bläst der Wind manchmal Oliven von den Bäumen, dann wird der Teer schmierig, und wir fallen wie Dominosteine.

Wer uns verstehen will, muss die Straßen im Winter kennen. Wenn sie lang und einsam sind. Wenn wir um die Kurven schleichen, weil jede glatt sein könnte. Am Rand stehen tote Bäume, im Bach fließt braune Brühe. Wir kriechen durch die Ebene, die kein Ende nimmt. Auf einem kahlen Ast friert ein Raubvogel, außer dem Geier ist nichts Lebendiges in der Landschaft.

Du ziehst Überschuhe an. Du klebst Isolierband auf die Karbonsohlen. Aber nach einer halben Stunde kriecht die

Kälte in die Füße, und du kriegst sie nicht mehr raus. Du hoffst, dass der Himmel irgendwann leer geregnet ist. Du montierst Steckschutzbleche, obwohl die wackeln und die Optik zerstören. Ein Rennrad sieht opamäßig aus, wenn du Teile anbaust, die nicht dem Vortrieb dienen.

Solche Fahrten überlebst du nur, wenn du ein Ziel vor Augen hast. Wenn es ganz schlimm war, hab ich im Kopf den Paris-Film laufen lassen. Dann sah ich keine Pfützen mehr. Nur noch den Triumphbogen.

Und jetzt fuhr ich über die Champs-Élysées. Für die letzte Etappe hatten die Mechaniker an meinem Rad gelbe Reifen aufgezogen. Das Lenkerband war auch gelb, und es war klebrig, weil ich unterwegs Champagner trinken musste. 50 Kilometer vor dem Ziel fuhr ein Motorrad neben mich, der Sozius hielt mir auf dem Tablett ein Glas hin, und das Fernsehen filmte, wie ich trank.

Eigentlich sind die Champs-Élysées nichts für Radfahrer. Das Kopfsteinpflaster ist holprig und rüttelt dich durch. Aber das hab ich nicht gespürt. Ich bin über diese Straße geflogen. Rechts und links standen gestutzte Bäume Spalier. Das Bild war das krasse Gegenteil vom Winter. Da gehen wir in der Landschaft verloren. Jetzt fuhren wir in einem grünen Rahmen.

Nicht stürzen, nicht hier. Am Straßenrand die fetten Schilder: 300 – 200 – 100. Vorn der dicke Triumphbogen. Am Trikot ordentlich den Reißverschluss hochziehen, wie mir der Trainer das beigebracht hat. Dann die große Pose: beide Arme in die Höhe.

Wir Radfahrer treiben unseren Sport ja geduckt. Zwischen Sattel und Lenker müssen wir eine zweckmäßige

Position finden. Der Körper darf dem Wind möglichst wenig Angriffsfläche bieten, und die Beine müssen arbeiten wie ein Zweitakter. Das funktioniert nur, wenn du flach auf der Maschine sitzt. Das üben wir so lange, bis wir uns acht Stunden gebückt halten können.

Als Ausgleich träumen wir. Von dem kurzen Moment, in dem sich der Sieger erhebt. Er macht sich groß, sitzt aufrecht im Sattel und streckt die Hände in den Himmel. Wenn das Training öde wurde, habe ich mir vorgestellt, wie ich freihändig in Paris über die Linie fahre.

Mein Traum hörte am Zielstrich auf. Aber in echt ging die Tour viel weiter. Jetzt kam Neuland. Auch nach der Siegerehrung war noch lange nicht Schluss. Den Blumenstrauß warf ich diesmal nicht ins Publikum, sondern gab ihn Willy. Ich musste posieren für eine Million Fotos: das gelbe Trikot neben dem grünen und dem weißen und dem gepunkteten, im Hintergrund der Eiffelturm. Das gelbe Trikot und sein Team, das gelbe Trikot vor dem Riesenhandy. Als ich endlich Kathrin die Blumen und einen Kuss gab, klatschten die Franzosen und riefen:

Vite Witt!

Kathrin hatte meinen Anzug mitgebracht. Aber es dauerte, bis ich den anziehen konnte. Wir sind mindestens zwei Stunden gefahren zu dem Hotel, das der Sponsor gemietet hat. *Le Grand Cerf*, irgendwo außerhalb von Paris. Ein altes Schloss mit Türmchen und dunklen Dächern, außenrum ein riesiger Park mit Lauben und getrimmten Hecken.

Seit dem Ruhetag hatte ich mich auf meinen Anzug gefreut. Nach drei Wochen in Trikot und T-Shirt endlich wieder etwas Elegantes anziehen. Meinen Lieblingsanzug hatte ich in Mailand gekauft. In der Jacke war an der Innentasche ein Etikett eingenäht, mit dem Wappen eines italienischen Webers. Das Tuch schimmerte dunkelblau, bei schummrigem Licht konnte man es für schwarz halten. So stellte ich mir den Abend nach dem Sieg vor: eine Hand lässig in der Hosentasche vergraben, in der anderen ein Champagnerglas. Aber im *Grand Cerf* hatte ich das Problem der Männer, die nach Jahren wieder in ihren Hochzeitsanzug steigen: Er passte nicht mehr. Bei mir war es allerdings andersrum: Die Hose war mir drei Nummern zu weit. Ich schnallte den Gürtel ins engste Loch, aber sie warf üble Falten im Bund und saß nicht auf der Hüfte.

Walter hat mich gerettet. Er gab mir seine Hosenträger. Die passten zwar nicht zu meinem Style, mit den breiten Dingern sah ich aus wie Michael Douglas. Aber sie erfüllten ihren Zweck.

Walter Felgenhauer war Gebrauchtwagenhändler. Und er war mein Manager. Ich kannte ihn, seit ich Rennrad fuhr. Wenn der Verein Helfer brauchte, die bei der Radtouristikfahrt *Rund um den Kaiserstuhl* Schmalzbrote schmierten, war Walter, genannt Felge, sich dafür nicht zu schade. Er besorgte Sponsoren für die kleinen Rennen in der Gegend. Samstags um zwei fuhr er die Jedermannrunde des *RV Vorwärts*, meistens in der schnellen Gruppe. Als ich Weltmeister wurde, organisierte er die Feier im Vereinsheim an der Radrennbahn.

Felge lief meistens mit einer Campagnolo-Rennfahrermütze rum. Wenn er die absetzte, glänzte sein breiter Scheitel. Kathrin fand seine treuherzigen Augen süß. Irgendwann hat er studiert, ich glaube Soziologie. Aber nach ein paar Semestern lief sein Nebenjob so gut, dass er keine Zeit mehr für die Uni hatte. Es gab viele Studenten, die ein billiges Auto brauchten.

Als ich im *Grand Cerf* endlich ein Glas Champagner in der Hand hatte, haute er mir auf die Schulter.

Max, du glaubst nicht, wie viele Anfragen ich in der letzten Woche …

Aber da nahm mich ein Mädel im kleinen Schwarzen in Beschlag. Sie war die Assistentin von Manfred Müller. Und Müller war der Big Boss von *Speedcom*. Auf seiner Visitenkarte stand *Chief Executive Officer*, darunter stand *Silicon Saxony*. Die Firma hatte in Sachsen Subventionen abgegriffen. Der CEO musste nur kurz ans Glas klopfen, dann war der ganze Saal still, und er hielt seine Rede. Ich stand neben ihm, er sagte etwas von historischem Erfolg. Der erste Deutsche, der die *Tour de France* gewonnen hat. Grenzen überwinden, Kommunikation ohne Schranken, Tempo und Teamwork. Schnell ging es nicht mehr um den Sport, sondern um seine Firma. Das Ziel: eine Million Handys pro Jahr. Neue Vertriebskanäle, so schnell wie Max Witt am Mont Ventoux. Der *Speedcom Extra Flyer*. Die Zukunft gehört Multimedia, auf der Datenautobahn gibt's keinen Stau. In der gesparten Zeit setzen wir uns aufs Rad und werden fit.

Hinter uns hing ein alter Teppich, der war so groß wie die ganze Wand und zeigte ein Bild von der Jagd. Ein Hirsch, mindestens ein Zwölfender, lag auf einer Lichtung im Wald. Neben dem toten Tier streckte der Jäger seinen Bauch in die Landschaft, die Schärpe spannte. Im Halbkreis spielten die Hörner, der Hirsch hatte dunkle Augen. Ich zwinkerte ihm zu. Hallo, Kollege, du hast wenigstens keinen Hunger mehr.

Erst gab es Häppchen. Aber nach 3.942 Kilometern verbrannten die rückstandsfrei. Bis die Vorspeise serviert wurde, hatte ich einen Hungerast. Dann zog sich das Menü in die Länge. Ich hätte nie gedacht, dass ich irgendwann mal Sehnsucht nach den Spaghetti vom Formeleins-Koch hätte.

Die ganze Nacht im *Grand Cerf* war verkehrte Welt. Nach all den Plastikhotels hatte ich endlich ein anständiges Zimmer, mit Parkett und Möbeln wie der Sonnenkönig. Die Vorhänge waren aus irgendeinem schweren Stoff. Wenn man die zuzog, war alles Getöse weg. Neben mir würde kein Basti liegen, sondern Kathrin. Aber das war das Problem: Ich kam nicht ins Bett. Ganze zwei Stunden hielt ich mich ich in diesem Luxuszimmer auf. Nach dem Essen haben wir ordentlich einen gelötet und im Salon eine Siegeszigarre geraucht. Kathrin behauptet, um vier seien wir in unsere Suite gegangen. Ich hätte gefaucht wie ein Tiger und ihr das Kleid über den Kopf gezogen. Aber dann hätte ich den Verschluss von ihrem BH nicht aufgekriegt und sei beim Fummeln eingeschlafen.

Um sechs klopfte es an der Tür. Das war Willy. Normalerweise wäre er hereingekommen und hätte mich geweckt. Aber wegen Kathrin traute er sich nicht und bollerte so lang, bis ich aufwachte. Ich dachte, er bringt mir eine frisch geschmierte Radhose. Aber er sagte, wir müssten zum Flieger. Das Taxi fuhr durch irgendwelche Vorstädte, über Autobahnen, die waren das Gegenteil der Champs-Élysées. Alles grau. Und der blöde Zielstrich kam immer noch nicht.

In der Abflughalle fielen mir wieder die Augen zu. Willy wusste, was ich brauchte. Diskret drückte er mir etwas in die Hand.

Geh aufs Klo! Du hast noch fünf Minuten.

Es war der belgische Pott. Nicht mal mein Masseur und Dealer wusste genau, was da drin war. In der Hauptsache Amphetamine. Wenn du diesen Cocktail einwirfst, geht die Sonne auf. Auch wenn du gerade noch auf der letzten Rille gefahren bist, fühlst du dich mit dem Pott unschlagbar. Koks kann kaum besser sein. Nichts tut mehr weh, so was wie Hunger gibt's nicht mehr. Du willst sofort über eine Frau herfallen, aber wir bewegen uns ja nicht auf der Tanzfläche, und am Straßenrand stehen die nicht rum und warten auf uns.

Manche von uns nahmen den Pott so regelmäßig wie Rasierwasser. Ich war vorsichtig und genehmigte mir den Aufheller nur, wenn's ganz hart kam. Bei einer Trainingsfahrt im Regen. Oder eben jetzt, beim Marathon des Siegers. Zum Glück kommt keiner auf die Idee, am Tag nach dem Triumphbogen das gelbe Trikot zu kontrollieren. Ich wäre fällig gewesen.

Im Flugzeug setzte sich Felge neben mich und besprach das Geschäftliche. Wer alles mit mir werben wollte: eine Schweizer Uhr, ein Pulsmesser, ein Ferienclub auf Lanzarote. Das Shampoo hatte Walter schon aussortiert, weil die echt nicht ganz dicht waren. Die mixten Koffein in ihr Zeug, das half anscheinend gegen Haarausfall, und sie hatten schon einen Claim für die Kampagne:

Doping fürs Haar – nur fürs Haar!

Jo Becker hatte auch angefragt. Der Bildungssenator wollte eine Schulreform anschieben, Gymnasium G 8.

Soll er doch, was hab ich damit zu tun?

Max, du bist jetzt mehr als ein Radfahrer. Ganz Deutschland sieht dich als Held. Es kommt gut, wenn wir dich als

Vorbild für die Jugend aufbauen. Die Schüler sollen schon nach zwölf Jahren ihr Abi kriegen – schneller Mann, was hältst du von diesem Ausreißversuch?

Eigentlich hatte ich keine Lust, schon wieder in den Wind zu gehen. Aber die Idee fand ich gut, in der Schule ein ganzes Jahr zu sparen. Was man mit dieser Zeit alles machen könnte.

Okay, ich überleg's mir.

Bei den Kirmesrennen wurden wir uns nicht wirklich einig. Das sind keine richtigen Wettkämpfe, man tut nur so, als ob es um Sport ginge. Man präsentiert dem Publikum in der Provinz den Sieger der *Tour de France*, und der macht, was man von ihm erwartet: Er gewinnt gegen den Lokalmatador. Für die Zuschauer sieht das nach hartem Kampf aus. Die meisten merken nicht, dass wir kleine Gänge fahren und schnell treten. Man lässt sich überrunden und tut so, als sei das Tempo mörderisch.

Bisher gehörte ich bei diesen Brezelrennen zum Füllmaterial – man braucht ja Fahrer fürs Feld. Jetzt staunte ich, welche Gagen die Veranstalter für mich boten: 40.000 Mark für ein paar lächerliche Runden. Trotzdem hatte ich keinen Bock, am Mittwoch beim *Sparkassen-Giro* in Bochum anzutreten. Wenn ich nur an die Autofahrt dachte, wurde mir schlecht. Am Donnerstag *Rund um den Pfaffenteich*, am Freitag zum *Calvados-Preis* in die Normandie.

Felge sagte: Aber den *Kupplungs-Cup* in Bühl kannst du nicht absagen. Die haben schon die rote Laterne verpflichtet.

Das war auch so ein blödes Spiel: Für einen wie Basti, der sich für seinen Kapitän die Lunge aus dem Leib fährt und die Tour auf Platz 89 beendet, interessiert sich keine

Sau. Aber wer als Letzter in Paris ankommt, der darf den Affen geben, der ist in jedem Zirkus gefragt. Die Veranstalter präsentieren das gelbe Trikot und die rote Laterne nebeneinander an der Startlinie, und die Leute wundern sich, dass sie keinen Unterschied sehen. Der Letzte ist kein Freak und kein Moppel, der hat sogar zwei Beine mit trainierten Waden.

Das Rennen in Bühl hatte einen guten Ruf. Es wurde gesponsert von einer Firma, die Autoteile herstellt. Und die Gegend ist richtig schön: ringsrum Weinberge und Zwetschgenbäume, mittendrin eine Burgruine. Hinten steht der Schwarzwald, hoch und breit wie eine Mauer, die den Garten schützt. Außerdem ist es nicht weit nach Bottighofen. Ich sagte:

Bühl geht klar. Aber nur im Paket mit Basti. Und er kriegt 15.000 Mark.

Zehntausend, sagte Felge.

Dresden soll schön sein. Aber von der Stadt habe ich nichts gesehen. Sie brachten uns vom Flughafen direkt in ein Gewerbegebiet. Auf der Fahrt zum Hauptquartier von *Speedcom* blubberte Müller mich voll. Er schwärmte von seiner gläsernen Fabrik, sein Lieblingswort war *Silicon Saxony*.

Die Burg der Speedies hatte tatsächlich eine Fassade aus Glas. Aber halt eine, die nur so tut, als sei alles transparent. Die Scheiben waren getönt, man konnte von draußen nicht hineinsehen. Die Jungs und ich, wir zogen uns um und präsentierten uns in den Trikots auf einem schmalen Balkon im ersten Stock. Die Belegschaft musste vor dem Haupteingang antreten und klatschte wie bei Honecker. Ein paar Kamerateams hatten aufgebaut, Müller sagte was von

Teamgeist, Ost und West. Seine Assistentin präsentierte zwei Handys, ein gelbes und ein goldenes.

Unser neues Produkt, sagte Müller, *Yellow Speed.*

Das goldene bekam ich, es sah aus wie Düsseldorf. Dann brachten die Hostessen Champagner in Magnumflaschen und wir spritzten vom Balkon wie in der Formel I. Für die Kameras musste ich mich aufs Rad setzen und eine Runde um den Parkplatz drehen, mit dem goldenen Handy am Ohr. Dann durften wir in die Mietwagen. Basti, Felge und ich bekamen einen Fünfer-BMW. Den wollte ich unbedingt fahren.

Basti schlief gleich auf dem Rücksitz ein. Ich hatte Glück: Bretterte mit 180 über die Autobahn, aber Felge merkte rechtzeitig, dass die Wirkung von meinem belgischen Pott nachließ. Er setzte sich ans Steuer, ich stellte den Beifahrersitz flach. Jetzt kam endlich der Zielstrich. Das Letzte, was ich sah, war Chemnitz.

Hamburg

Der Norden hat im Radsport noch nie was gerissen. Aber plötzlich sagten alle Hamburg. Auch Willy, der nun wirklich nicht mit großen Gefühlen unterwegs ist, schwärmte von dem neuen Rennen dort.

Überall Atmosphäre, sagte er, und das Ziel ist mitten in der Stadt.

Zwei Wochen nach dem Toursieg wollte ich in Hamburg das erste ernsthafte Rennen fahren. Es wurde gesponsert vom E-Werk, und die hatten sich einen dummen Namen für die Veranstaltung ausgedacht: *Cyclassics* – was bitte soll klassisch sein an einem Radrennen, das erst einmal stattgefunden hat?

Aber Willy hatte mal wieder Recht. Als wir ankamen, ging's gleich los mit der Atmosphäre. Unser Hotel lag in einer Fußgängerzone, direkt am Ziel. Kein neureicher Protz, sondern alter Backstein. Am Eingang brauchten sie die schwarzen Männer von der Security. Als wir am Samstag mit unseren Rollkoffern heranrauschten, warteten schon ein paar hundert Fans. Die kreischten wie beim Rockkonzert. Eine Mädchenclique hatte sich Papierstreifen ans linke Ohr geklebt, auf die war ein Ohrring gemalt. Mein Markenzeichen, in XXL.

Basti grinste fett und stieß mich an.

Hast du das Plakat gesehen?

Ein Mädel mit einem ziemlich kurzen Rock kippelte auf einem Poller und hielt ein Schild in die Höhe:

MAX, ICH WART AM ZIEL!

Vorher ging's zu Jo Becker. Der Senator hatte hier ein Heimspiel, am Abend lud er die ganze Mannschaft zum Essen ein. Wir gingen zu einem Italiener hinter der Reeperbahn. Neben dem Restaurant stand eine dunkle Eisenwand, die sperrte eine Gasse ab. Sie hatte zwei schmale Schlitze. Ein Mann schlüpfte durch, mit eingezogenem Genick. Jens, mein Edelhelfer für die Berge, führte sich auf wie ein Sechzehnjähriger.

Hier ist die Herbertstraße, sagte er, da kannst du schmutzige Sachen machen.

Bis zu meinem Toursieg kannte ich hauptsächlich die Straßen, auf denen man Rad fahren kann. Ich hatte wenig Ahnung, was rechts und links kommt.

Jo Becker tat ziemlich wichtig mit seinem Italiener. Er umarmte den Wirt und machte die Ciao-Franco-Nummer. Das Restaurant war dunkel und hatte kleine Fenster. Das ist der älteste Italiener in Deutschland, sagte Becker, fast hundert Jahre im Familienbesitz. Eigentlich ist Franco in der Sommerpause, er hat heute Abend extra für euch geöffnet.

Becker knabberte Grissini und gab mit den Promis an, die hier zu den Stammgästen gehörten. Ich konnte nicht sehen, ob der Senator auf dem Weg zu sich selbst vorangekommen war. Er trug ein Sakko, darunter konnte man einiges verbergen. Sein Gesicht war schmaler, das sah jetzt aus wie Witwe Bolte. Aber vielleicht lag das auch daran, dass keine Riemen vom Helm die Backen quetschten. Auf jeden Fall hatte er einen verkniffenen Mund, wie ein dünnes O.

Das Essen war gut. Bei den Antipasti erklärte der Senator, warum das Turbo-Abitur so wichtig sei.

Diese Stadt muss fit gemacht werden für die Globalisierung.

Dann lästerte er über die Fundis in seiner Partei, die das nicht begreifen wollten. Und über die Kleinstaaterei der deutschen Bildungspolitik. Das hörte sich an, als ob Hamburg nicht groß genug für ihn sei, und er irgendein Superminister in Berlin werden wollte. Seine Frau verdrehte die Augen. So wie meine Mutter, wenn mein Vater zum fünfundneunzigsten Mal seine Geschichten von der Bundeswehr erzählt. Beim Tiramisu besprach Becker etwas mit seinem Referenten, da kotzte seine Frau sich bei mir aus. Sie hatte ein Kind, das ging in die vierte Klasse.

Jo hat nie Zeit für den Jungen. Aber Julian ist ja auch nur sein Stiefsohn.

Frau Becker trug einen Pferdeschwanz. Ich glaube, das ist für die Frauen in Hamburg gesetzlich vorgeschrieben. Sie regte sich nicht so plump auf wie die Leute bei uns im Süden. Das klang nach Dame, sie lästerte elegant.

Der Druck in der Schule wird immer schlimmer, sagte sie. Julian braucht Ritalin, sonst schafft er das nicht.

Hilft das denn?

Schon, aber die Nebenwirkungen sind ganz schön doll. Der Junge hat keinen Appetit. Tagsüber sitzt er da wie ne Schlaftablette. Aber wenn er ins Bett muss, ist er aufgedreht.

Sie beklagte sich über lasche Nachhilfelehrer und erzählte von einem Trainingscamp im Sommer. Erst dachte ich, ihr Sohn würde Fußball spielen, aber dann merkte ich, dass nicht vom Sport die Rede war. Bevor das neue Schuljahr anfing, musste Julian drei Tage verschärft Deutsch und Mathe üben.

Und jetzt soll der Lütte sein Abitur auch noch ein Jahr schneller machen, sagte sie, das kann doch nicht angehen.

Beim Start am Sonntag war das Wetter kühl. Die Strecke führte aus der Stadt, dann die Elbe entlang. Nicht spannend, alles flach, genau richtig zum Einrollen. Der Körper kommt auf Betriebstemperatur, und dann musst du pinkeln. Das Feld fährt noch nicht schnell, in Gruppen stehen wir an der Böschung und leeren die Blase. Das sieht blöd aus, weil die Radhosen ja keinen Schlitz haben, man muss sie nach unten ziehen und kann die Träger nicht runterlassen, weil die unter dem Trikot sind, deshalb stehen wir da so komisch gebückt.

Aber in Hamburg war das schwierig. Wir waren schon aus der Stadt draußen, es kam kein richtiges Dorf, niedrige Häuser waren zwischen die Felder gebaut. Trotzdem fand ich keinen Platz zum Pinkeln. Der ganze Straßenrand war voll, die Zuschauer drängten sich so dicht wie sonst am Ziel. An der Elbfähre hielten sie ein Plakat hoch:

IHR SEID HELDEN!

An einem Traktor hing ein Transparent:

MAX WITT – DER GOTT DER GESCHWINDIGKEIT

Der größte Held hatte schon einen richtigen Druck, das fühlt sich auf dem harten Sattel fies an. Bei einem Gewächshaus fand ich endlich eine Lücke und fuhr rechts ran. Aber richtig allein war ich auch hier nicht. Hinter meinem Rücken hörte ich zwei Männer:

Auch ein Star muss mal, sagte der eine.

Der andere: Das macht ihn richtig menschlich!

Die Harburger Berge waren nicht der Rede wert. Alle wussten, dass ein Ausreißversuch in diesem Gehügel keinen Sinn macht. Da verpulverst du Kraft, aber du kommst nicht weg. Auch an der großen Brücke war das Feld noch zusammen. Die war genial: gleichmäßiger Anstieg, nicht steil, da kannst du schön im Rhythmus fahren. Du siehst den Hafen unter dir, da stehen Container wie ein buntes Gebirge. Du fährst so hoch über dem Wasser, dass die großen Schiffe ziemlich klein aussehen. Bei der Abfahrt habe ich die Beine hochgenommen, damit ich das Bild von der Stadt länger sehe. Hinten die Alster, viel Wasser und viel Grün, das wirkte großzügig.

Die Schlüsselstelle kam bei Kilometer 180. Ziemlich feine Gegend, mit Villen und alten Bäumen. Die Straße wurde schmal, und dann ging es so brutal bergauf, wie man das dem Flachland gar nicht zutraut. Der Stich war keinen Kilometer lang, aber er hatte eine besondere Gemeinheit:

Du konntest keinen Schwung nehmen, weil erst eine scharfe Rechtskurve kam, und dann ging es ab mit 16 Prozent.

Den Waseberg mussten wir dreimal hoch. Ein paar Kilometer vor der letzten Auffahrt habe ich Jens und Basti nach vorn beordert. Zu dritt haben wir das Feld von der Spitze kontrolliert. Als die Straße eng wurde, haben wir uns breit gemacht und Tempo rausgenommen. In der Kurve standen wir fast, dann hab ich angegriffen. Bin im Wiegetritt explodiert und ab wie eine Rakete. Das war ein perfekter Moment: Hab die maximale Kraft, die in meinem Körper steckt, auf die Straße gebracht. Aber ich war locker. Beine und Arme und Rumpf, alle Muskeln haben so leicht funktioniert wie beim Tanzen.

Meine beiden Helfer haben die Verfolger abgeblockt. Auf der Kuppe habe ich den dicken Gang eingelegt. Der Rest war eine geniale Solofahrt. Trockene Straße, enge Kurven, die konnte ich schneller nehmen als das Feld. Unterlenkergriff, mit Kette rechts über die Reeperbahn. Auf dem letzten Kilometer schwenkten die Zuschauer Fähnchen. Auf denen stand:

Danke Max!

Das müssen hunderttausend gewesen sein. Wo die Absperrgitter anfingen, donnerten sie mit den Händen auf die Werbebanden. Der Sponsor hatte Plastikrätschen verteilt, mit denen knatterte das Volk. Dann kamen steile Tribünen, da schlug die Begeisterung über mir zusammen. Die Zielgerade war wie ein Orgasmus.

Am Tag danach musste ich noch einmal auf die große Brücke über dem Hafen. Sie wurde für mich gesperrt. Ich zog ein gelbes Trikot an, das keine Logos hatte. Statt Handywerbung stand auf der Brust fett *G 8*. Ein Typ mit einer schwarzen Brille führte das Kommando bei den Dreharbeiten. Er war Werber und guckte anscheinend zu viele amerikanische Filme. Seine Stylistin setzte mir einen schwarzen Doktorhut auf, mit diesem Ding fuhr ich im Wiegetritt die Brücke hinauf. Der Wind kam von links, eine Bö wehte mir den Mickymausdeckel vom Kopf, ein Fotograf fing ihn kurz vor dem Geländer auf. Die Stylistin klebte ihn mit Haarlack fest.

Dynamisch lächeln, sagte der Mann mit der schwarzen Brille.

Sieben Mal musste ich die Brücke hinauf, dann waren die Kameramänner zufrieden. Am Scheitelpunkt stellte ich mich ans Geländer. Die ganze Stadt lag mir zu Füßen: die spitzen Kirchtürme und die grünen Kupferdächer, die Boote für die Hafenrundfahrt und die Kreuzfahrtschiffe. Bismarck war klein auf seinem Denkmal, das neue Vorbild für die Jugend hieß Max Witt. Ich fühlte mich ein bisschen wie Christus über Rio. In diesem Moment hätte ich den Film gern angehalten.

Zwieselberg

Schnee ist anders. Da kannst du nicht einfach reintreten und deine Kraft auf den Boden bringen. Wenn du das versuchst, rutschst du nur rückwärts. Auch wenn es lächerlich flach bergauf geht, eine kleine Welle im Gelände, bei der du auf der Straße mit Kette rechts drüberziehen würdest – du hast keine Chance, wenn du dich nicht auf diesen Untergrund einlässt. Der Schnee ist weich, aber immer stärker als du. Da musst du mit Gefühl rangehen. Mit kontrollierter Energie einen Schritt ziehen, und dann gleiten. Lange gleiten, auch wenn dir das elend langsam vorkommt. Mit Gewalt kommst du im Winter nicht vorwärts. Du brauchst Geduld.

Am Parkplatz war die Grenze. Hier endete der Asphalt, ab hier herrschte der Schnee. Die Loipe ging bis zu einem gefrorenen Wasserfall. Es war der Montag nach dem zweiten Advent. Das Tal war leer, aber der Parkplatz war voll. Das Fernsehen war mal wieder in Kompaniestärke ausgerückt. Sinn und Zweck der Expedition: Max Witt beim Wintertraining filmen.

Der Kameramann kniete zwischen den beiden Spuren. Ich musste rechts an ihm vorbei, Basti links, unsere Skistöcke schlenkerten ihm um die Ohren. Gefilmter Sport sieht ja nur dann gut aus, wenn einer seine Disziplin beherrscht. Aber im Langlaufen waren wir ziemliche Amateure. Die Bilder hatten null Dynamik, das sah aus wie Zeitlupe. Es dauerte, bis der Redakteur zufrieden war.

Für den Deal mit dem Fernsehen hatte sich mein Manager nicht groß anstrengen müssen. Vier Wochen nach dem Toursieg bot das große Programm ihm einen Vertrag an. Wir haben uns beömmelt über den komischen Namen von dem Ding, das hieß *Mitwirkungsvereinbarung*. War aber ganz einfach: Ich muss ihnen bei allen wichtigen Rennen als Gesprächspartner zur Verfügung stehen, dafür zahlen sie 400.000 Mark im Jahr. Bei diesem Angebot konnten wir nichts falsch machen – ich gab sowieso Interviews am laufenden Meter, da machten fünf Minuten mehr den

Kohl auch nicht fett. Und das Logo des Senders auf dem Trikot – geschenkt. Wir fuhren eh durch die Welt wie der Bus von der Behindertenwerkstatt, vollgedruckt mit allen möglichen Sponsoren.

Außerdem hauen die ihren Star nicht in die Pfanne, wenn sie teuer für ihn bezahlen, sagte Felge, und das leuchtete ein.

Im Herbst musste er allerdings zeigen, was er beim Verhandeln drauf hat. Nach der Saison ging ich mit Kathrin zwei Wochen in den Urlaub, und wir sagten nur der Familie und den richtigen Freunden, dass wir in die Türkei fliegen würden. Ich war platt und wollte am Strand nicht mal Basti sehen. Aber wenn ein Kamerateam dabei ist, kannst du ja nicht der Welt den Rücken zeigen. Felge hat das dann hinbekommen: Das Fernsehen lässt mich im Urlaub in Ruhe, dafür gibt's Exklusivbilder vom Wintertraining.

Zwischendurch musste ich auf tausend Galas. Goldene Kamera, Goldenes Fahrrad, Sportler des Jahres. Bambi war echt krass. Das zog sich über Stunden. Ich im Smoking, im Saal war eine Luft wie in der Sauna. Videoclips von mir auf der großen Leinwand. Der Veranstalter hatte ein altes Bild ausgegraben, geschossen von der Radarfalle in Hemmendorf: 63 Stundenkilometer, ich wild entschlossen und tief über den Lenker gebeugt. Das fanden alle lustig: Schon mit 15 fuhr er schneller als die Polizei erlaubt.

Der Bundespräsident hat mir zehn Tage später trotzdem das Verdienstkreuz überreicht.

Das Wintertraining hat mein Manager geschickt eingefädelt. In diesem Tal in Tirol kriegten wir alles umsonst.

Zimmer im besten Hotel, Wellness und Skipass für sieben Tage. Felge brachte seine Frau mit, Basti seine neue Freundin. Kathrin war im zweiten Monat. Ihre Ärztin sagte, dass sie nur blaue Pisten fahren soll.

Die Loipe lag geschickt. Sie war nur an zwei Stellen von der Straße aus zu erreichen: am Parkplatz und an der Jausenstation. Die Jungs vom Fernsehen hatten keine Lust, ihr Equipment durch den Schnee zu schleifen. Am Parkplatz brauchten sie eine Stunde für ihre Bilder, dann zogen wir weiter zur zweiten Location. Die Hütte lieferte den perfekten Hintergrund: Eiszapfen hingen wie Schwerter von der Dachrinne, die Zaunpfosten trugen Schnee wie Zipfelmützen. Die Fenster hatten rot karierte Vorhänge, gleich neben der Terrasse kam eine knackige Geländestufe. Die mussten wir ein paar Mal in vollem Lauf hinauf. Wir grätschten wie wild im V-Schritt, der Wirt mit seiner blauen Schürze sah zu und rauchte Pfeife.

Das Tal war an dieser Stelle so eng, dass die Jausenstation kurz nach Mittag schon im Schatten lag. Das Fernsehen packte ein, sie wohnten im gleichen Hotel wie wir. Wir übten den Doppelstockschub, am Wasserfall sah das einigermaßen flüssig aus. Die Loipe war sieben Kilometer lang. Nach einer Runde sagte ich zu Basti:

Giggijoch?

Hey, auf dem Trainingsplan stehen drei Stunden Langlauf.

Ja, wir stehen doch schon drei Stunden auf den Skiern.

Der Himmel war so blau wie im Prospekt. Oben schien die Sonne auf die Hänge, und Basti gab nach. Eine halbe Stunde später saßen wir mit den Alpinski im Sessellift. Wir trugen Helm und Schneebrille, auch der Kameramann hätte uns nicht erkannt. Aber der lag eh im Whirlpool.

Am Abend versackten wir an der Bar. Dort saß der König von Österreich. Wir nannten ihn Anton. Er hatte so ziemlich alles gewonnen, was ein Skifahrer gewinnen kann: den Weltcup, die Abfahrt von Kitzbühel, Gold bei Olympia. Anton war ein Tier: breites Kreuz und Oberschenkel, die auf dem Hocker fast die Hose platzen ließen. Im Sommer war er zurückgetreten, dies war sein erster Winter außerhalb des Fangzauns. An der Bar legte er das gleiche Tempo vor wie an der Hausbergkante.

Wir diskutierten, wer fitter sei: Radfahrer oder Skifahrer. Toni erzählte Heldengeschichten vom Konditionstraining, wie sich die Abfahrer schinden.

Ich sagte: Zwei Minuten würd ich auch durchhalten, dann seid ihr doch schon fertig.

Kathrin, die nur alkoholfreie Cocktails trank, stieß mir gegen das Schienbein und machte eine Handbewegung: Ball flach halten. Aber ein Wort gab das andere, und wir beschlossen, die Sache am nächsten Tag draußen auszutragen: einen 10-Kilometer-Lauf, zu Fuß im Schnee. Wer die Wette verliert, muss in der Unterhose eine Runde Lift fahren.

Über die Strecke wurden wir uns schnell einig: vom Hotel zur Schirmbar *Liebe Sonne*, von dort zum Nachtclub *Rodelhütte* und zurück. Aber jeder Radfahrer weiß, dass er ein Rennen nicht von vorn gewinnt. Basti und ich legten uns eine Taktik zurecht: Am Start übernahm ich die Führung. Beim Skiverleih, wo der Schnee tiefer wurde, ließ ich mich zurückfallen. Anton zog das Tempo an, aber dann kam der Konter von Basti. Den konnte der Abfahrer noch parieren, aber ich musste nur an ihm dran bleiben, am Bistro *Alpenglühen* war er reif. Mit einem langen Spurt hab ich ihn geknackt.

Scheiß Radlfahrer, japste Anton. Aber er war ein fairer Sportler, setzte sich mit lila Boxershorts und Turnschuhen in den Sessellift. Die Fahrt dauerte zehn Minuten, es hatte zwei Grad unter null, mit blauen Lippen stieg er wieder aus. Ich muss zugeben, diese Wette war unfassbar leichtsinnig: Mit der Erkältung, die Anton sich holte, hätte ich mir die halbe Saison ruiniert.

Am Mittwoch schneite es. Das Fernsehen konnte keine Bilder machen, also gingen Basti und ich mit dem König von Österreich auf die Piste. War klar, dass er uns jetzt zeigen musste, wo der Hammer hängt. Toni raste in der Direttissima von der Schwarzen Schneid ins Tal. Wenn er doch mal eine Kurve machte, gruben seine Ski zwei Spuren in den Schnee, die sahen aus wie Schienen. Der legte keine Bremsschwünge ein, und wir wollten keine Schwäche zeigen. Ich merkte, dass meine Ski schneller wurden als ich. Ich fuhr hinter ihnen her. Und wusste, dass das nicht gut gehen kann. Kam immer mehr in Rücklage und brachte den Körper nicht mehr nach vorn. Die Skistöcke ruderten, ich wartete auf den Sturz. Der kam dann auch. An einem Buckel hob es mich aus. Keine Ahnung, wie ich gelandet bin. Auf jeden Fall hat es mir übel den Rücken gestaucht.

Auf der Hütte habe ich gespachtelt, als ob Winterspeck gut wäre fürs Kreuz. Schweinshaxe mit Semmelknödeln und Weißbier, zum Nachtisch Germknödel. Die waren anders als die Dampfnudeln von meiner Mutter. Denen sieht man an, dass sie hausgemacht sind. Beim Mittagessen gab es immer Streit, wer die größte kriegt. Aber die Germknödel waren alle gleich dick und rund. Auch nach zwei Williams sah man noch, wer die geformt hat. Ich glaube, kein Koch in ganz Österreich macht die Germknödel noch selbst. Die kommen aus der Fabrik.

Toni erzählte wieder von seinem Sommertraining. Von dem Schinder, den er sich aus der Konkursmasse der DDR geschnappt hatte, der ihn am Stützpunkt oben in den Bergen in die Mangel nahm, bis er zehn Kilo Muskelmasse zugelegt hatte.

Zu viert saßen wir unter einem ausgestopften Adler an einem runden Tisch. Felge fragte vorsichtig:

Gab's keine Kontrollen?

Jo eh, sagte Anton, die Kontrollen hatten wir im Griff: Es gibt nur eine Straße hinauf zum Stützpunkt. Die führt am Gasthaus *Gamskogl* vorbei. Mit dem Wirt hatten wir einen Deal: Der hat angerufen, wenn ein unbekanntes Auto vorbeigefahren ist. Wenn tatsächlich ein Kontrolleur bei uns geklopft hat, hat der Trainer gesagt: Tut mir leid, der Anton macht grad eine Einheit mit dem Mountainbike, in drei Stunden kommt er wieder. So lang wollten die net warten.

Und die Journalisten haben das D-Wort nicht in den Mund genommen?

Mei, wenn das Fernsehen mich in einer Sendung haben wollte, hat mein Manager gesagt: Der Anton kommt nur, wenn ihr nicht nach dem Doping fragt.

Und bei Pressekonferenzen?

Da hab ich gesagt: Was bittschön soll Doping bei der Abfahrt bringen? Weißt, das Skifahren ist bei uns ja so heilig wie bei euch in Deutschland der Fußball. Als sie mal einen erwischt haben, sagte der Präsident von unserem Verband treuherzig: Österreich ist ein kleines Land, viel zu klein für Doping. Da hat sich keiner totgelacht, und er ist noch immer Präsident.

Anton nahm noch einen Schluck Jagertee, dann sagte er:

Die Leute wollen an uns glauben. Du guckst brav und sagst, dass die Kontrolleure jederzeit kommen können, und dass du noch nie positiv warst. Das ist nicht schwieriger aufzusagen als ein Rosenkranz, dann hat die arme Seele Ruh.

Wir haben dann noch eine Runde Bombardino getrunken. Da lästerte Anton über den größten Österreicher aller Zeiten.

Woist eh, unser Mann in Amerika. So blind kann doch kein Schafbauer nicht sein, dass er nicht sieht, wo der seine Muskeln herhat. Mit Fitnessdrinks schaffst du garantiert keine 56 Zentimeter Armumfang. Aber er ist der Superstar, den will keiner klein machen. Mister Universum ist doch einer von uns!

Inzwischen konnte ich wieder bequem auf Holzstühlen sitzen. Meine Knochen waren gut gepolstert, im Schnee nahm ich vier Kilo zu. Zum Langlaufen gingen wir nicht mehr, aber das Fernsehen brachte einen Heldenbericht über unser Wintertraining. Er zeigte Max Witt, der sich schon vor Weihnachten für den nächsten Sommer schindet, beim Joggen und beim Skilanglauf. Vom Höhentraining war die Rede, und die Abfahrten mit Anton verkauften sie als Übungen fürs Gleichgewicht.

Der Film war richtig peinlich. Aber wer beschwert sich schon, wenn er zu gut wegkommt?

Gutedelweg

Im Frühjahr lief mir die Zeit davon. Am 1. Mai ging ich in Frankfurt an den Start. Mir war klar, dass ich das Rennen nicht gewinnen würde. Erstens war die Ansage, dass alle Maik unterstützen, unseren Sprinter. Zweitens war ich nicht in Form.

Ich fuhr so medium. Dann stand ich in Sachsenhausen vor dieser Missgeburt von Turm und musste in Mikrofone reden. Ich sagte:

Solange man von mir in jedem Rennen den Sieg erwartet, sind wir noch keine Radsportnation.

Da war Deutschland beleidigt.

Am nächsten Tag feierten wir Richtfest. Nach dem Toursieg hatte mir die Gemeinde einen Bauplatz am Gutedelweg geschenkt. Im Kreisverkehr am Ortseingang hatten die Männer vom Bauhof ein fettes Schild zwischen die Blumenrabatten gestellt:

WILLKOMMEN IN DER HEIMAT VON MAX WITT UND DER BOTTIGHOFER BASSGEIGE!

Die Baßgeige ist eine berühmte Weinlage, auf den Grauburgunder von dort war Bottighofen schon vor der Sintflut stolz. Der Parkplatz an der Kelter hieß seit dem letzten Herbst offiziell *Max-Witt-Platz*. Auf Antrag der CDU, einstimmiger Gemeinderatsbeschluss im August.

Das Richtfest war ein heißer Tag. Ich hatte ein T-Shirt an, Kathrin trug ein weißes Sommerkleid. Sie war im sechsten Monat. Für die Fotografen posierten wir vor der Doppelgarage, neben dem Betonmischer. Am nächsten Tag brachte das *Blatt* eine Riesengeschichte. Kathrin sah zum

Reinbeißen aus, prall und propper. Ihren Bauch trug sie stolz vor sich her.

Bei mir saßen die Rundungen an den falschen Stellen. An den Hüften kann man die ja locker unter einem Sakko verstecken. Aber ich hatte Hamsterbacken und einen dicken Hals. Das sieht fies aus, als ob der Kopf direkt auf den Schultern sitzen würde. Da schlägt Deutschland die Zeitung auf, sieht die Bilder und fragt sich: Wie viel hat der auf den Rippen?

Mit neun Kilo Übergewicht bin ich im Januar ins Trainingslager nach Mallorca, Anfang Mai waren es noch vier. Als der Zimmermann seinen Richtspruch gesagt hatte, lud ich in die Winzerstube. Auch davon brachte das *Blatt* ein Foto: Max Witt prostet dem Bürgermeister zu, mit der Baßgeige im Glas. Auf meinem Teller lag Spargel mit Sauce Hollandaise, daneben stand eine Schüssel Kartoffeln.

Das Foto war nicht gestellt. Man sah, dass es allen schmeckte. Aber was erwarten die Leute? Das Winzerdorf Bottighofen spendiert mir einen Bauplatz, und ich geb ne Runde Mineralwasser aus?

Eigentlich hätte ich damals glücklich sein müssen. Ich hatte das größte Ziel in meinem Sport erreicht. Meine Freundin war schwanger, seit dem Ultraschall wussten wir, dass es ein Junge wird. Und ich baute ein Haus. Genau die Phase, in der Männer normalerweise in die Breite gehen.

Aber mein Bauch gehörte nicht mir. Ich war der Held im gelben Trikot, und ganz Deutschland hängte sich in meinen Windschatten. Ich fuhr nicht mehr im Flachland der Erwartungen, ich war der Mann vom Mont Ventoux.

Mit dem Porsche verspielte ich die letzte Chance auf

Mitleid. Den besorgte mir Felge zu einem guten Preis. Keinen gebrauchten, einen roten Targa mit Glasdach. Heute weiß ich, dass man sich nicht beklagen darf, wenn man mit einem Neidauto durch die Gegend fährt.

An Ostern sah ich noch alles locker. Das Frühjahr war nie meine beste Zeit auf dem Rad. Ich brauchte viele Kilometer, bis ich in Schwung kam. Vor den Rennen in Belgien drückte ich mich gern, ich hasste den kalten Wind von der Nordsee. Im Training hielt ich mich mühsam am Ende der Gruppe. Und irgendwann legte sich im Körper der Schalter um. Die dritte Woche der *Tour de France* war meine Stärke: Wenn die anderen auf den Felgen daherkamen, schöpfte ich aus meinen Reserven.

Aber jetzt war ich unsicher, ob das auch dieses Jahr klappen würde. Seit dem Sturz beim Skifahren tat mir der Rücken weh. Im Training meldete sich der Schmerz bei Kilometer 100, im Rennen schon früher. Und es waren nur noch acht Wochen bis zur Tour. Das fühlte sich an wie mit Toni auf der Piste, als meine Ski schneller wurden als ich. Ich sah mich wie ein Zuschauer von außen. Konnte nichts machen und ahnte, dass gleich der Sturz kommen würde. Ich sollte den zweiten Toursieg holen, aber ich saß auf dem Rad wie ein Hydrant: oben ein dicker Kopf, unten nicht viel dünner.

Ich war so fett, dass ich kaum über den Taunus kam. Am Mammolshainer Berg kriegte ich Krämpfe. Zum Glück hat kein Fotograf gesehen, wie ich bei der Abfahrt ein Bein aus dem Pedal geklickt habe. Alter Trick für Rennfahrer, die auf der letzten Rille unterwegs sind: Fuß auf den Sattel legen, sich draufsetzen und mit dem eigenen Gewicht den Oberschenkel dehnen.

Man sollte das so machen können wie der Klempner. Einfach ein Schild aufhängen: Morgen wird von 10 bis 12 die Zeit abgestellt. Oder besser noch bis vier. Dann könnte ich aufholen.

Als Rennfahrer musst du 30.000 Kilometer in die Beine kriegen. Jedes Jahr. Besser noch sind 35.000. Das kann man leicht umrechnen: Wenn du zwei Wochen Urlaub abziehst, macht das jeden Tag 100 Kilometer.

Am Tag nach dem Richtfest ging ich mit Kathrin ins Möbelhaus. Davon hatte ich auf der Couch in unserer Radsport-WG oft geträumt: mir eine coole Wohnung einzurichten. Mit einer Sitzgruppe aus schwarzem Leder. Die musste weich und bequem sein, aber auch elegant. Ein Regal vom Designer, wo nur wenig draufsteht, als Raumteiler. Offene Küche, mit Barhockern am Tresen. Und eine Lampe, die im Raum schwebt wie ein Zeppelin. So was hatte ich in einem Restaurant in Mailand gesehen.

Geld war nicht das Problem. Dem Verkäufer im Möbelhaus war das klar, der hat alle Register gezogen. Als er die Ledermuster holte, flüsterte mir Kathrin zu, dass sie in einem kleinen Laden in der Fußgängerzone ein Hammerteil von einem Sessel entdeckt habe.

Nichts unterschreiben, bevor du den gesehen hast!

Sie strich brav über das Nappaleder der obersten Preisgruppe, aber ich spürte, dass sie nicht zufrieden war. Ich wollte ja auch nichts kaufen, was mir nach vier Wochen nicht mehr gefällt. Dann lieber noch Probesitzen in der Boutique.

Und so ging mir die Zeit aus. Ich fuhr der Form hinterher und hätte dringend jeden Tag gebraucht, um den Rückstand aufzuholen. Aber die Uhr lief einfach weiter. Das Sofa für den gehobenen Geschmack kostete mich 100 Trainingskilometer, im Küchenstudio gingen locker 200 drauf. Ins Bäderparadies schickte ich Kathrin allein. Auf die Gefahr hin, dass sie eine Wanne mit Löwenfüßen kauft.

Ende Mai hatte ich noch zwei Kilo Übergewicht. Da bekam ich Post von Rabner. Der schrieb eine Kolumne im fetten *Blatt*. Die tat wie ein persönlicher Brief, ging aber ans Volk. Dort stand:

Lieber Max Witt,

der vergangene Sommer war für mich eine Offenbarung. Ich kam nicht aus dem Fernsehsessel, weil ich Ihnen auf dem Weg nach ganz oben zusehen musste.

Sie saßen auf dem Rad wie ein Hohepriester, der heilige Werte lehrt: Ausdauer, Härte, Disziplin.

Wenn ich Sie jetzt sehe, mache ich mir Sorgen. Was ist das für ein dicker Mann in kurzen Hosen? Denken Sie daran: Ein Molch passt nicht ins gelbe Trikot!

Herzlichst,

Ihr Karl-Heinz Rabner

Mont Saint-Michel

Die Etappe führte ans Meer. Auf kleinen Straßen ging es durch die Normandie. Es gab nicht genug Hecken, in denen sich der Wind verfangen konnte. Er kam von Westen und fegte über die Wiesen. Da hat's Basti erwischt.

Die Tour schickt uns ja gern an solche Orte in Frankreich, die man auf der halben Welt von den Postkarten kennt.

Sogar Hitler hätte zugeben müssen, dass der Mont Saint-Michel spektakulär aussieht: wie eine Burg, die vor der Küste aus dem Wasser ragt.

Ein schmaler Damm führt zu der Insel. Alle hatten Schiss vor dieser Passage. Da reicht schon die Gischt, dass die Straße rutschig wird und 50 Rennfahrer auf einem Haufen liegen. Gleich nach dem Start ging ein Gerücht durchs Peloton: Die Flut steigt heute so hoch, dass der Damm unter Wasser steht.

Bei dem strammen Wind klang das nicht unwahrscheinlich. Also gaben alle Gas, um noch bei Ebbe zur Burg zu kommen. Viele Kurven machten die Strecke unübersichtlich. Das war nicht mehr die normale Hektik der *Tour de France*, das war Wahnsinn am Anschlag. Mitten in der Pampa gab unser Chef die Helme aus. Einen nach dem anderen reichte er in voller Fahrt aus dem Auto, und jeder setzte das Ding gern auf.

Das Feld zog sich in die Länge. Ein Auto vom Fernsehen wollte sich in Position bringen. Der Fahrer überholte, obwohl dafür kein Platz war auf der schmalen Straße. Ich konnte mit einem Schlenker ausweichen. Aber Basti, der vor mir fuhr, hatte keine Chance. Wir waren mit Tempo 45 unterwegs, das Auto hatte mindestens 60 drauf und erwischte ihn mit dem Kotflügel. Basti hob ab. Er flog höher als mein Helm, neben der Straße kam eine Wiese. Aber bis dahin schaffte er es nicht. Er landete im Stacheldraht.

Ich steuerte rechts raus und sprang vom Rad. Er lag halb nackt im Gras. Der Zaun hatte ihm auf einer Seite die Hose weggefetzt, man sah bleiche Haut mit roten Striemen. Er blutete wie in einem schlechten Mittelalterfilm. Fliegen schwirrten um ihn herum, sein rechter Arm hing in einem Kuhfladen.

Im Rennen hast du ja keine Zeit für Eideidei. Du weißt, dass die Zeit läuft. Wenn du zehn Minuten brauchst, bis du wieder auf dem Rad sitzt, hast du zehn Minuten Rückstand. Es gibt keinen Bonus für Verletzte. Deshalb checkst du nach einem Sturz sofort: Funktioniert das Rad noch? Ob die Hand oder sonst irgendein Knochen gebrochen ist, merkst du ja schnell, wenn du wieder fährst. Bei der Tour siehst du immer wieder einen, der sich mit Fleischwunden über die Straße quält, das Trikot in Fetzen. Der Rennarzt verbindet dich im Fahren, du hältst dich an seinem Auto fest und erholst dich dabei ein bisschen. Du lässt dich ziehen, er beugt sich rechts raus und gibt dir eine Spritze in den Schenkel oder sonst wohin.

Basti hätte wegen Tapete ab nicht aufgegeben. Aber beim Fliegen ist sein Knie gegen einen Zaunpfosten gedonnert. Als ich mich zu ihm hinunterbeugte und ihn beim Aufstehen stützte, merkte ich gleich, dass es schwierig wird. Er konnte das linke Bein nicht mehr strecken. Das spürte er und schnauzte mich an:

Max, hau ab, das Rennen läuft!

Als ich am Abend mit der Mannschaft beim Essen saß, kam die Diagnose: Kniescheibe gebrochen.

Nach der Massage nahm ich ein Taxi und fuhr ins Krankenhaus. Im Gesicht war Basti so bleich wie das Leintuch. Vor dem Nähen hatten sie wohl Desinfektionsmittel auf das Bein geschmiert, dort war die Haut gelb. Die schwarzen Fäden sahen aus wie Ypsilons. Eine Reihe mit vielen Ypsilons auf einer roten Linie, das war die Narbe. Quer über den Arsch hatte er Striemen wie von einer Domina. Darüber kam noch eine Reihe Ypsilons.

Hat sich gelohnt, sagte Basti, 38 Stiche.

Ich kann kein Blut sehen. Mir wurde schwummrig, ich setzte mich auf den Stuhl neben dem Bett. Dann sagte ich:

Gratuliere, deutscher Rekord.

Vor dem Nähen mussten sie nicht mal das Bein rasieren – ist doch praktisch, unser Sport!

Mann, Mann, Mann – aber so ein dickes Knie. Pass bloß auf, dass du in der nächsten Kurve nicht am Lenker hängen bleibst.

Das Zimmer roch nach Ammoniak. Die Max & Basti-Show war ziemlich erbärmlich. Wir wollten cool klingen, aber das hörte sich an wie ganz schlechtes Kino. Basti hatte nicht nur Schiss. Der hatte richtig Angst. Er sagte mit dünner Stimme:

Max, du weißt, was wir uns alles reingepfiffen haben. Vorgestern Synacthen, und heut lieg ich auf dieser beschissenen Wiese im Kuhfladen.

Mir war gleich klar, was er meinte: Basti hat ja eigentlich ein schmales Gesicht. Über sein spitzes Kinn haben wir oft gespottet, Super-Aerodynamik und so. Aber das Kortison, das wir alle schluckten, schwemmte bei ihm übel die Backen auf. Willy gab ihm Synacthen als Gegenmittel. Aber er sagte mindestens dreimal, dass er das sparsam nehmen solle, weil es die Abwehrkräfte schwächt. Da ist es natürlich nicht optimal, wenn du durch rostigen Stacheldraht fliegst.

Wer krank ist, bleibt im Bett. Aber genau das war für diesen Patienten ein Problem. Vor der Tour hatte Basti seinen Hämatokritwert in die Höhe getrieben. Jetzt lag er mit dickem Blut in diesem Provinzkrankenhaus und sagte:

Heut Nacht kann ich nicht joggen. Oh Mann, ich will keine Thrombose.

Lass dir das Bein hochlegen, sagte ich. Ein besserer Trost fiel mir nicht ein.

Ab da war die Tour ein großer Krampf. Am nächsten Abend legten sie mir Vitali ins Doppelzimmer. Der kam aus Usbekistan und hatte eine Narbe am rechten Mundwinkel. Vitali war ein guter Bergfahrer und sollte mir in den Alpen helfen. Aber er schnarchte. Und er hatte einen speziellen Geschmack, der wollte im Fernsehen durch den ganzen Ostblock zappen. Russisch oder Kasachisch oder weiß der Herr, was das für Sprachen waren, in denen plumpe Männer blonde Frauen anmachten.

Bei der vierten Etappe war Pascal nicht mehr am Start. Gerüchte schwirrten durch das Feld, den ganzen Tag wurde getratscht wie in einem Büro voller Frauen. Das hörte nur bei den Zwischensprints kurz auf, danach ging's weiter. Aber erst beim Abendessen erfuhr ich etwas Genaues. Unser Mechaniker hatte Informationen vom Schrauber der *Baguettes*: Nach der dritten Etappe war die Gendarmerie in ihr Hotel marschiert und hatte alle Fahrer mitgenommen. Die Jungs hatten noch nicht geduscht und nichts gegessen. Pascal steckten sie in eine Einzelzelle. Er musste alles abgeben: Uhr, Schuhe, Gürtel. Sogar seine Brille, ohne die er blind war wie ein Maulwurf. Dann musste er nackt ins Glas pinkeln. Der Gefängnisarzt schaute zu, anschließend nahm er ihm Blut ab. Zum Schluss schnitt er Pascal ein paar Strähnen ab, und diese Probe hat ihn vollends gekillt. Weiß ja jeder, dass man in den Haaren Koks und alles Mögliche nachweisen kann, deshalb hat der schnelle Pascal dann flott gestanden: EPO und Wachstumshormone, Amphetamine und Testosteron, Koks und Kortison. Seinen Masseur hat er ans Messer geliefert, der besorgte bei den *Baguettes* den Nachschub.

Zwei Tage später kam die große Razzia. Die Polizei nahm die Hotels von drei Mannschaften auseinander. In den Zimmern fanden sie Spritzen und Zentrifugen. Die Italiener hatten ihre Ampullen noch schnell im Müllcontainer am Parkplatz verschwinden lassen, aber auch der wurde gefilzt.

Zum ersten Mal erlebte ich Willy in Panik. Ich lag auf der Massagebank und spürte, wie seine Hände in meinem Nacken zitterten.

Max, wenn die unser Auto durchsuchen, fliegt alles auf. Und ohne Stoff kommst du nicht über die Alpen.

Da hatte er Recht. Als er bei den Waden war, kam mir die rettende Idee. Unser Fahrzeug aus der Werbekarawane hatte den Gag des Tages geliefert: Unser Monster-Handy war zu groß für das echte Leben, es blieb an einer Eisenbahnbrücke hängen. Ein Mechaniker flickte es mit Panzerband wieder zusammen. Das Teil war aus Plastik, und es war hohl!

Der Vorrat für die ganze Mannschaft passte hinein. Damit nichts klapperte, polsterte ein Mechaniker das *Speedcom*-Werbeteil innen mit Schaumgummi. Den beiden Hostessen, die tagsüber im engen Top aus dem fahrenden Auto Flyer verteilten, machte er die Hölle heiß:

Wenn ihr noch mal irgendwo hängen bleibt, seid ihr den Job los. Passt bloß auf, an jedem Baum und jeder Brücke!

Der Mechaniker tat so, als ob das eine unfassbare Blamage sei. Die Hostessen durften nicht wissen, warum uns das Riesenhandy so wichtig war. Sie fuhren unfallfrei durch Frankreich.

Bei dieser Tour mantelten sich die Gendarmen noch ärger auf als sonst. Sie waren in doppelter Mission unterwegs. Den Verkehr regeln und Zuschauer schikanieren – das reichte diesmal nicht. Im Auftrag der Staatsgewalt sollten sie ein Symbol der Grande Nation vor den Betrügern retten. Die Tour ist tot, es lebe die Tour! Aber unsere Präparate rollten auf Augenhöhe an ihnen vorbei, getarnt durch ein Werbeteil aus Plastik.

Vor den Pyrenäen stiegen drei spanische Mannschaften aus. In Marseille fehlten die *Baguettes* komplett, die Italiener reisten unter Protest ab. Das Peloton war noch halb so groß wie normal, vor der zehnten Etappe zettelten wir einen Sitzstreik an. Wir stellten die Räder an die Absperrgitter und hockten uns zwei Stunden auf die Straße. Danach fuhr ich ein doppeltes Rennen. In dem einen ging es darum, mein gelbes Trikot zu verteidigen. Ohne meinen wichtigsten Helfer und mit Schmerzen im Kreuz. Im anderen war das Ziel, an das Dope zu kommen, ohne erwischt zu werden.

Die Nächte waren richtig blöd. Ich wusste nicht, ob ich Vitali trauen konnte. Dass der nicht sauber fährt, war schnell klar. Am zweiten Abend rieb er sich die Hoden mit Salz ein. Das machten viele im Feld: Das gibt eine fette Entzündung, die zeigst du dem Arzt, dann kriegst du ein Attest und darfst Kortison nehmen.

So gesehen waren wir zwei Doper, die im gleichen Boot

saßen. Aber auch unter den Betrügern gibt es solche und solche. Von Vitali hieß es, dass er bei der *Flandern-Rundfahrt* den Sieg verkauft hat. Er war gemeinsam mit einem Italiener ausgerissen, fünf Kilometer vor dem Ziel hatten die beiden zwei Minuten Vorsprung. Für 300.000 Mark hat Vitali angeblich im Sprint dem Italiener den Vortritt gelassen.

Der Radsport hat eine lange Geschichte. Schon mancher hat ein Rennen auf diese Weise geregelt. Ich meine, so etwas kannst du beim Haribo-Preis machen, wenn es um nicht viel geht. Aber nicht bei der *Roonde van Vlanderen*. Die ist heilig, da kämpft man bis zum Zielstrich.

Deshalb hielt ich es für keine gute Idee, mir von Vitali eine Spritze geben zu lassen. Oder mir selbst eine zu setzen, wenn er Ostblockfernsehen guckte. Mit Basti war das völlig entspannt, bei der *Lindenstraße* haben wir uns gegenseitig präpariert. Was aber, wenn der Usbeke für 10.000 Dollar auspackt? Exklusiv: So dopt Max Witt.

Ernsthaft telefonieren wollte ich auch nicht, wenn er zuhörte. Am Abend nach der Razzia rief mein Manager an. Ich verkrümelte mich in den Massageraum, Willy war schon fertig. Felge wollte wissen, ob die Polizei bei uns etwas gefunden habe. Er merkte wohl, dass ich nervös war, und versuchte, mich zu beruhigen:

Doping ist relativ. Schon mal was von Fausto Coppi gehört?

Il Campionissimo. Hat fünfmal den *Giro d'Italia* gewonnen und zweimal die Tour. Wieso?

Der hat im Interview gesagt, dass er *la bomba* nur dann nimmt, wenn es nötig ist, aber die Amphetamine seien halt fast immer nötig. Er starb 1960. Nicht an der Bombe, sondern an Malaria. Und Henri Desgrange?

Hat die Tour erfunden – wieso?

Eben deshalb: Der Herr, der den Mythos vom heldenhaften Sport erschaffen hat, ließ 1930 alle Fahrer unterschreiben: Die Organisation stellt nur die normale medizinische Versorgung. Für Doping, stimulierende und stärkende Mittel muss jeder Teilnehmer selbst aufkommen. Das hat Desgrange per Vertrag geregelt. *Vive le Tour*!

Von diesem kleinen Radsportquiz kam Felge dann auf die Seminararbeit, die er an der Uni geschrieben hatte. Soziologie oder Geschichte, oder beides, ich hab's mir nie gemerkt. Obwohl er oft genug erzählt hat, dass die Arbeit so gut wie fertig in der Schublade liege. Also erklärte Doktor Felge:

Erst im Kalten Krieg hat der Westen den Kampf gegen das Doping entdeckt. Weil die Jungs im Ostblock großzügige Menschenversuche gemacht und zu viel gewonnen haben. In Deutschland haben wir die Heuchelei auf die Spitze getrieben: David gegen Goliath, der ehrliche Westen gegen die Anabolika der DDR. So kann man jede Niederlage zum moralischen Sieg erklären.

Was hab ich von deinem großartigen Wissen in Geschichte, wenn die mich erwischen?

Aber, aber, wer wird denn gleich bei der ersten Attacke nervös? Glaub mir, dieser Vorstoß verpufft schnell. Die Franzosen wollen ihre Helden nicht beschädigen. Das große Straßenfest mit den Radfahrern gehört für die zum Sommer wie der Strand von Biarritz.

Da geb ich dir Recht: Für die Fans unterm Sonnenschirm war Doping noch nie ein Thema. Aber gestern hab ich einen gesehen, der war verkleidet wie beim Fasching: stand als Spritze am Straßenrand.

Gemach, junger Freund. Lass dir das sagen von einem alten Autohändler: Wenn ich einen Gebrauchtwagen verkaufe, kommt's nicht darauf an, ob das Getriebe in Ordnung ist. Die Leute wollen polierten Lack sehen. Und der Kotflügel darf keine Beule haben.

Am Ruhetag war Felges Referat dann doch hilfreich. Der Ansturm bei der Pressekonferenz war größer als vor einem Jahr. Ich fuhr noch immer im gelben Trikot, aber niemand wollte etwas zum Sport hören. Es ging nur um Doping. Ich hatte mir ein paar Sätze zurechtgelegt.

Unsere Mülleimer sind sauber.

Den Klassiker vom letzten Jahr brachte ich diesmal richtig leidenschaftlich:

Bei uns in Deutschland wird im Training so oft kontrolliert, dass wir jeden Betrüger erwischen. Meine Proben waren alle negativ.

Das gefiel den französischen Journalisten natürlich nicht so gut. Es grummelte, einer hakte nach:

Wie oft bist du unangemeldet kontrolliert worden?

Da muss ich in meinem Ordner nachschauen, der liegt zuhause.

Okay, das war nicht sehr überzeugend, deshalb packte ich noch einen drauf. Ich tat verzweifelt:

Wenn es hilft, könnt ihr mich rund um die Uhr überwachen. Ich schlafe unter Aufsicht, ich esse unter Aufsicht, und beim Duschen könnt ihr auch dabei sein. Wenn ihr den gläsernen Athleten wollt – ich hab damit kein Problem.

Ich log jetzt freihändig. Das war nicht mehr der kleine

Max, der vorsichtshalber eine Hand am Lenker lässt. Ich fuhr volles Tempo, volles Risiko. Und hoffte, dass kein Schlagloch kommt.

Schwierig war nur das Gespräch mit dem Trainer. Der Eisenbeißer besuchte seinen Sohn im Krankenhaus. Am Ruhetag kam er ins Mannschaftshotel und wollte nach mir schauen. Nach dem Abendessen machten wir einen Spaziergang. Er war ziemlich blass.

Das Knie ist seit der Operation nicht abgeschwollen. Und die Fleischwunden haben sich entzündet.

Mein Problem war: Ich sah den Randstein nicht. Wo hörte die Lüge auf? Ich wusste nicht, was Basti seinem Vater erzählt hatte. Ob er ihm die Wachstumshormone gebeichtet hat. Oder nur EPO. Oder gar nichts.

Dieter Eisenbeiß war kein Heuchler. Der glaubte wirklich an den Sport. Er liebte die Bewegung an der frischen Luft. War todunglücklich, wenn er drei Tage nicht Rad fahren konnte. Nach was weiß ich wie vielen Jahren als Trainer war sein Ziel noch immer der faire Wettkampf. Er hat akzeptiert, dass ich stärker bin als sein Sohn, obwohl ein Vater da tief schlucken muss. Bastis Mutter hat mir erzählt, wie ihm die Tränen gekommen sind, als ich am Mont Ventoux allen davongefahren bin.

Am Hang über der kleinen Stadt hielt der Trainer an. Ein alter Kreuzweg führte zu einer Kapelle. Er schaute mir in die Augen.

Max, was hast du mit dieser Scheiße zu tun?

Mir war klar, dass ich seinem Blick nicht ausweichen durfte. Und ich konnte ihm nicht ins Gesicht lügen. Ich sagte:

Ich hab niemand betrogen.

Ich glaube, er hat mir nicht geglaubt. Er legte mir eine Hand auf die Schulter und sagte traurig:

Max, pass bitte auf dich auf.

Futuroscope

Auf der Rampe taste ich die Reifen ab. Lasse sie durch die Finger laufen, langsam, eine ganze Umdrehung. Erst das Vorderrad, da ist alles glatt. Am Hinterrad schnipse ich ein Steinchen vom Gummi. Das könnte sich eingraben. Dann halte ich die Trinkflasche gegen das Licht. Da ist zu viel drin. Ich leere was auf die Straße, bis sie nur noch halb voll ist. Zweimal einen Schluck, mehr bekomme ich in der nächsten Stunde sowieso nicht runter. Alles andere wäre unnötiges Gewicht.

Das Zeitfahren in Futuroscope sehe ich noch immer wie einen Film. 56 Kilometer, vorletzte Etappe, hier wird die Tour entschieden. Nach dem Dopingchaos ist das Feld nur noch halb so groß. Aber 91 Fahrer rollen heute als Statisten durchs Vorprogramm. Dann kommt das Duell: Ich gegen Tyler Robinson.

In den Bergen hat der Ami mich fertiggemacht. Ständig hat er das Tempo gewechselt, bei der hundertsten Attacke bekam ich einen Hungerast. Das ist so ziemlich das Schlimmste, was dir im Rennen passieren kann. Mit einem Schlag fühlt sich dein Körper an, als ob er innen hohl wäre. Unter der Haut sind keine Muskeln mehr. Du trittst wie immer, aber das geht so schwer wie auf einem Hollandrad. Und der Typ neben dir sitzt auf einem superleichten Karbonrahmen. Da hilft kein Doping. Und das macht's richtig blöd: Das ganze Jahr führst du Buch, wann du wie viel spritzen musst, und dann scheitert das Ganze an einem Müsliriegel.

Am Col d'Izoard kam unser Auto nicht durch, ich musste ohne Windjacke in die Abfahrt. Es hagelte, die Körner trafen mich wie Kugeln. Meine Hände waren klamm, ich verbremste jede Kurve. Im Ziel hatte ich neun Minuten Rückstand. Aber diese Niederlage fühlte sich bizarr an: Sie erleichterte mich.

Bei meinem Toursieg hatte ich ein Ziel erreicht, von dem ich geträumt hatte. Seither fuhr ich den Erwartungen hinterher, die andere für mich steckten. Jetzt war das gelbe Trikot weg, endlich kapierte Deutschland vor dem Fernseher: Der zweite Toursieg von Max Witt ist kein Selbstläufer. Jetzt konnte ich wieder mein eigenes Rennen fahren.

Die Journalisten haben allerdings die Wörter verwechselt. Im Fernsehen sagten sie, ich sei gescheitert. Das fette *Blatt* schrieb, ich hätte versagt. Dabei hab ich einfach nur verloren.

Am Col de l'Iseran schlug ich zurück. Ich riss mutig aus, danach hatte Tyler Robinson nur noch 48 Sekunden Vorsprung. So fuhren wir durch Frankreich, und der Ami erzählte der ganzen Welt seine Geschichte: Diagnose Hodenkrebs, dem Tod von der Schippe gesprungen. Immer an sich geglaubt, Training mit neuen Methoden, betreut von Wissenschaftlern. Je öfter er seinen Spruch aufsagte, desto mehr lästerte das Peloton über seine Wissenschaft. Wir kannten ja seine Vergangenheit: Vor dem Krebs hatte er die Tour auf Platz 36 beendet. Aber nach der Chemotherapie nahm der Patient die Überholspur.

Natürlich hat jeder die Klappe gehalten. Wir standen unter Generalverdacht, das merkte man am Straßenrand. Immer mehr Zuschauer riefen:

Allez dopez!

In so einer Atmosphäre machst du keine spitzen Bemerkungen über einen Konkurrenten. Selbst, wenn du was beweisen könntest.

Außerdem war Tyler Robinson keiner, mit dem man sich gern anlegt. Hinter Lourdes sprang ein Zuschauer auf die Straße, der hatte sich als Arzt im weißen Kittel verkleidet. Hielt sein Stethoskop in unsere Richtung und rief:

Êtes-vous bien préparé?

Ich glaube nicht, dass Tyler das verstanden hat. Aber der Mann aus Texas gab dem Faschingstypen aus voller Fahrt eine aufs Maul. Bei der Pressekonferenz fragte ihn einer von den großen Zeitungen nach EPO. Tyler schickte ihm den Stahlblick, den wir alle kannten, und ging ihn frontal an:

Mister Newspaper, nennen Sie mich einen Lügner? Oder einen Betrüger?

Da knickte der Reporter ein.

Als Vorletzter steige ich in Futuroscope auf die Startrampe. Nach mir kommt nur noch Tyler Robinson. Mein Hinterrad hat keine Speichen, das ist eine schwarze Scheibe. Da gibt's keine Verwirbelungen mehr. Aber wenn eine Bö von der Seite kommt, kriege ich Probleme. Von den Fingerspitzen bis zum Knie stecke ich in einem Rennanzug. Kathrins Mutter hat den Einteiler an den Achseln enger genäht, jetzt liegt er an wie eine Haut aus Kunststoff. Am Kopf bin ich aerodynamisch verkleidet. Vorne hat der weiße Helm zwei

Scheiben, hinten ist er geformt wie der Schnabel von einem Raubvogel. Die Spitze zeigt zu Tyler Robinson. Er ist im Vorteil, weil er auf meine Zeit reagieren kann.

Die Minute vor dem Start dauert ewig. Ich will den Verschluss der Radschuhe enger ziehen. Aber das geht nicht, weil ich die windschlüpfrigen Gamaschen drüber gezogen habe. Noch mal abwischen, dass kein Steinchen unter der Ferse sitzt. Vor mir führt die Rampe runter auf die Straße. Dort ist nur ein schmaler Streifen frei, auf dem ich fahren kann. Rechts und links sehe ich in dunkle Augen. Das sind Objektive. Die Fotografen liegen rücklings auf dem Asphalt.

Scharfe Rechtskurve. Im Wiegetritt auf Touren kommen. Aber nicht überdrehen, das rächt sich. Nach der Kuppe gehe ich in den Sattel. Ich sitze vorn auf der Spitze, die Unterarme liegen in den Schalen auf dem Lenker. Sie sind 18 Zentimeter tiefer als der Sattel, die gebückte Haltung ist ekelhaft. Auf der Zeitfahrmaschine verbiegst du dich, um ein paar Sekunden schneller zu werden. Sie nimmt keine Rücksicht auf den Körperbau, alles ist der Geschwindigkeit untergeordnet. Oben und unten sind übel vertauscht. Mir graut vor dem Schluck, den ich mir nachher reinpressen muss. Ich muss die Flüssigkeit nicht runterwürgen, sondern hoch. Der Magen sitzt höher als der Mund. Alle Organe werden gequetscht zwischen Kreuz und Oberschenkeln. Schon nach einem Kilometer tut mir der Rücken weh.

Beim Zeitfahren kannst du dich hinter nichts und niemandem verstecken. Keiner gibt dir Windschatten. Du siehst keinen vor dir, an den sich der Kopf heransaugen kann. Du musst eine Maschine werden. Der Rücken muss so ruhig daliegen wie eine Kühlerhaube. Treten, treten, treten.

Mindestens eine Stunde. Wenn es eine Welle runtergeht, kannst du nicht die Beine hochnehmen, dann fährst du nicht am Anschlag. Volle Kraft aufs Pedal, aber nicht verkrampfen. Den Totpunkt mit rundem Tritt überwinden. Rechts, links, rechts, links, der Tacho zeigt 53. Aber meine Kolben laufen heute nicht rund. An der Aufhängung ist was kaputt. Seit dem Sturz beim Skifahren.

Bei Kilometer zehn schalte ich auf Salamitaktik. Du darfst nicht denken, die Schinderei sei endlos, das macht dich fertig. Deshalb teile ich die dicke Wurst in Scheibchen. In Stücke, die ich kenne. Wenn's ganz hart kommt, fahre ich die Schönbergrunde. Dort habe ich im ersten Sommer auf dem Rennrad trainiert. Bei der Kuppe mit der Kapelle hab ich ein Viertel geschafft. An der Besenwirtschaft ist's die Hälfte, dann kommt die schöne Abfahrt.

Beim Zeitfahren rieche ich nie was. Normalerweise sehe ich auch nichts. Ich bin im Tunnel unterwegs und muss aufpassen, dass ich vor einer Kurve die Konzentration wiederfinde. Kurz checken: Ist der Asphalt trocken? Schlaglöcher, Split? Wie viel Schräglage ist drin? Jede Kurve am Limit fahren. Maximales Tempo mitnehmen, keine Energie unnötig verbremsen. Aber nur so viel Druck auf die Reifen bringen, dass der Kontakt zur Straße nicht abreißt.

Den Regen spüre ich nicht. Ich sehe nur, dass die Strecke nass wird. Vor mir taucht Futuroscope auf. Ein Mega-Golfball, der in ein Glasdach eingeschlagen hat. Der Chef über Funk:

Nur noch drei Sekunden Rückstand!

In den Kommentaren wurde das Duell zwischen Tyler Robinson und mir aufgeblasen bis zum Gehtnichtmehr.

Wenn du das liest, glaubst du nicht, dass da zwei Männer einfach Rad fahren. Superschlaue Menschen erklären mit uns beiden die Welt: Auf der einen Seite Amerika, voll fokussiert, offen für Wissenschaft und Fortschritt. Auf der anderen Seite das alte Europa, satt und träge. Zu langsam für den globalen Wettbewerb.

Jetzt kommt ein Kreisverkehr, ich muss nach rechts. Schwung mitnehmen, danach geht's noch einmal hoch. Europa geht voll ins Risiko. Mein Vorderrad rutscht weg.

Ab da bin ich Zuschauer. Diesen Moment sehe ich noch immer in Zeitlupe: Die Maschine hängt schräg in der Luft. Ich falle, aber ich kann nichts dagegen tun. Man sollte mal stoppen, wie lange so ein Sturz dauert. Dann rutsche ich auf der rechten Hüfte Richtung Randstein. Amerika gewinnt die *Tour de France*.

M

Mein Manager hat mich bekniet, die ganze Geschichte nicht zu erzählen. Sein Anwalt hat von Regressforderungen geredet und Summen wie aus dem Fußball genannt. Wenn ich nur die Hälfte davon zahlen müsste, hätte ich die ganze Zeit umsonst gestrampelt.

Aber ich will endlich reden. Ich halte nicht länger den Kopf hin. Ich hab es satt, dass Viagramänner und Botoxfrauen mit dem Finger auf mich zeigen und sagen: Ah, der Doper. Diese Heuchelei kotzt mich an.

Irgendwann hat Walter Felgenhauer eingesehen, dass er mir mit Kontoauszügen keinen Maulkorb verpassen kann.

Aber ich musste ihm versprechen, dass ich keine Namen nenne. Also sage ich nur M.

Nach dem verkorksten Sommer ging ich in diese Stadt. Ich hatte die Tour verloren, außer der Goldenen Ananas in Südafrika hatte ich das ganze Jahr nichts gewonnen. Aber der Rücken tat mir noch immer so weh wie im Winter nach der gestauchten Landung. In M hatte der Wunderdoktor seine Praxis. Sie lag im Zentrum, gleich hinter der Fußgängerzone. Links *Benetton*, rechts *Foot Locker*, dann *Douglas* und *McDonald's*. Der Eingang neben einem Handyladen. Am Empfang standen Blumen wie auf dem Achterdeck der Yachten von Saint-Tropez. Die hohen Räume hatten Stuckdecken und Fischgrätparkett, die Arzthelferinnen sahen besser aus als die Verkäuferinnen bei *Armani*. Vor allem aber hatte der Doc magische Hände.

Er tastete mich schweigend ab. Seine Finger glitten über die Einstichstellen der Spritzen. Zum Glück interessierten ihn meine Eier nicht. Ich glaube, der hätte auch gemerkt, wo ich die Testopflaster hingeklebt habe.

Nach dieser Untersuchung hatte ich das Gefühl, der weiß über meinen ganzen Körper Bescheid. Dabei bin ich überhaupt nicht esoterisch drauf, bei mir gibt's keine Schwingungen.

Ich besorge dir Termine bei meinem Osteopathen, sagte der Doc. Dann zeigte er auf die roten Punkte in meiner Ellbogenbeuge und fragte:

Wozu dieses Risiko?

Ich zog die Hose wieder an, wir setzten uns in die schwarzen Designersessel. Er ließ Espresso auf das Tischchen stellen, dazu Mineralwasser aus Norwegen. Dann kam er zur Sache.

Es gibt ein neues Verfahren. Das funktioniert. Ich habe es bei Sprintern und im Fußball getestet. Im Tennis ist diese Methode genauso erfolgreich wie beim Biathlon. Und bei euch – ein halbes Dutzend von deinen Konkurrenten fährt schon mit *Turbo 2.0*.

Das war sein Deckname für diesen Beschleuniger – Turbo 2.0. Er nannte keine Namen, von den Fußballern nicht und von den Radfahrern schon gar nicht. Als er merkte, dass ich nicht einfach die Katze im Sack kaufen wollte, deutete er mit dem Kopf zur Wand hinter seinem Schreibtisch. Dort hing das Foto einer Popsängerin, die jeder kennt, gerahmt und signiert.

Du weißt ja, wie sie in jedem zweiten Interview mit ihren *Work-outs* nervt – das sagte er voll ironisch, als ob das etwas Peinliches sei: *Work-outs*.

Vielleicht macht sie ja wirklich ein paar Übungen. Aber dass die seit 15 Jahren aussieht wie Ende 20, kommt von Turbo 2.0!

Dann erklärte mir der Doc, wie das Verfahren funktioniert:

In der Vorbereitung sorgst du dafür, dass dein Blut schnell wird – du kannst wie bisher EPO spritzen, du kannst auch ins Höhentraining. In dieser Phase nehme ich dir einen halben Liter Blut ab und friere ihn ein. Du sagst mir, wann ein wichtiges Rennen ansteht, dann kriegst du das wieder injiziert. Und du gehst ab wie ein Lamborghini.

Zum Schluss spielte er seinen Trumpf aus: Lass die Dopingjäger forschen, bis sie schwarz werden. Turbo 2.0 ist nicht nachweisbar – es ist ja dein eigenes Blut!

Trotzdem hab ich nicht gleich Hurra geschrien. Der Doc

hat auch keinen Druck gemacht – dazu ist er viel zu schlau. Er hat mir ganz nüchtern die Vorteile des Eigenblutdopings gezeigt – es sei billiger als meine bisherigen Mittel, das Handling sei einfacher, und ich solle mir das in aller Ruhe überlegen. Dann sagte er noch einen Satz, der richtig ranschmeißerisch klang. Aber ich schaute ihm dabei in die Augen und sah, dass er ihn ernst meinte:

Es wäre ein Jammer, wenn ein Jahrhundertathlet wie du nicht mit dem Besten fahren würde, was der Markt hergibt!

Und dann war da noch ein Zufall. Als ich im Treppenhaus auf den Aufzug wartete, kam ein Fußballer aus der Praxis. Wir haben wohl beide ziemlich blöd geguckt, er hat sich schneller gefangen.

Max Witt?, fragte er und streckte mir lässig die Hand hin.

Ich schlug ein und sagte seinen Namen. Aber den würde ich auch vor Gericht nicht nennen. Das hat nichts mit Omertà zu tun – so oft dieser Quatsch auch geschrieben wird, er wird nicht wahrer. Als ob der Radsport eine mafiöse Veranstaltung sei – wer redet, wird gekillt. Dabei ist es bei uns nicht anders als in jedem Büro: Man tratscht, wer mit wem nach der Weihnachtsfeier. Aber man hängt niemand hin. Wer von außen Fragen stellt, kriegt keine Antwort.

Der, den ich am Aufzug getroffen habe, war ja wie gesagt kein Radsportler. Ich kannte ihn aus dem Fernsehen. Wir sind dann noch einen Kaffee trinken gegangen und haben uns gleich gut verstanden. Ich hab ihm von meinem Rücken erzählt, er hat ein bisschen herumgedruckst, von wegen Adduktoren und so. Die Situation war wie ein Kilometer vor dem Ziel: Man belauert sich, keiner will den Sprint anziehen, weil jeder weiß, dass der im Vorteil ist, der im

Windschatten bleibt. Aber ich hab beim *Giro d'Italia* eine Etappe von vorn gewonnen, weil mein Antritt so überraschend kam, dass der Kasache nicht folgen konnte.

Diese Taktik hab ich auch im Café angewandt. Ich fragte einfach:

Turbo 2.0?

Er hat geguckt wie ein Auto. Dann hat er sich umgeschaut – an zwei Tischen hatte man uns erkannt, das war nicht zu übersehen. Aber wir saßen allein im Wintergarten, keiner konnte uns hören. Da grinste er und sagte: Bingo!

Unser Gespräch wurde dann richtig gut. Wenn er im Fernsehen redet, hört sich das immer verpennt an. Aber ohne Kamera war der richtig lebendig.

Kennst du das Gefühl, wenn du einem Gegner hinterherläufst? Der hat den Ball, eigentlich müsstest du schneller sein, aber du kommst nicht ran.

So beschrieb er die letzte Saison. Er war verletzt und konnte nicht mit der Mannschaft trainieren, mehr als Joggen war nicht drin. Ein anderer spielte auf seiner Position, und der Rückstand wurde nicht kleiner.

Aber alle erwarten von mir, dass ich die Champions League gewinne. Und vier Wochen später die Weltmeisterschaft.

Hey, das kenn ich gut. Die Knieprobleme nach meinem Sturz bei der *Deutschlandrundfahrt*. Im Training tut's schon in der Ebene weh. Und nach dem Stilfser Joch sagen die Sesselsportler: Witt hat enttäuscht.

Er interessierte sich für die Bergetappen. Ich sagte, dass ich ihm einen Platz im Begleitfahrzeug organisieren kann, wenn es nächsten Sommer über den Izoard geht, oder über den Col de la Madeleine. Er wollte sich mit Karten für die Nationalmannschaft revanchieren. Ich fragte ihn nach dem Manager seines Vereins, wie der wirklich drauf sei.

Ja, der Wurst-Hannes, sagte er und lachte, der kann in der Kabine genauso toben wie vor laufender Kamera. Aber für uns ist das gut: Die Journaille traut sich nicht so viel, weil keiner den Mut hat …

Da tauchte ein Fotograf auf. Er streckte mir die Hand hin, als ob wir Kumpels wären. Mein neuer Freund kannte ihn, die beiden hatten wohl regelmäßig miteinander zu tun. Er erzählte ihm von seinen Adduktoren, ich von meinem Rücken, und am nächsten Tag kam ein fettes Foto im *Blatt*. Darunter stand:

Zwei Kämpfer für Deutschland – die verletzten Helden greifen wieder an.

Dass wir beide beim Doc in Behandlung waren, stand auch in der Zeitung.

Der Osteopath war super. Nach vier Terminen konnte ich mich dehnen, drehen und bücken bis zum Anschlag. Nichts tat weh. Es war, als ob ich mir die Schmerzen zehn Monate lang eingebildet hätte. Zwei Wochen später ging ich wieder zum Doc und sagte, dass ich seinen Turbo probieren wolle. Er schloss einen Nebenraum auf, da standen die Gefrierschränke drin. Außen zeigten rote Dioden die Temperatur an, innen lagen Plastikbeutel. Gefüllt mit dunklem Blut, Kunststoffschläuche hingen ab wie Nabelschnüre. Die Etiketten waren mit Filzstift beschriftet. Einen Namen konnte ich lesen: Rex.

Hast du einen Hund?, fragte der Doc.

Nö.

Ne Katze?

Auch nicht. Warum?

Meinst du, ich arbeite mit Klarnamen? Willst du meine Intelligenz beleidigen? Überleg dir ein Codewort – halt nicht gerade den Namen deiner Freundin. Und auch nicht die Fahrradmarke – hat ein Kollege von dir vorgeschlagen, war nicht besonders originell. Aber lass dir Zeit. Ende Januar nehm ich dir die erste Charge ab.

Gesundheitspark Alpenblick

Im September besuchte ich Basti. Er war seit vier Wochen in einer Rehaklinik. Als Erstes fiel mir seine Zahnspange auf. Aber ich hielt es für besser, das nicht gleich anzusprechen. Die Rezeption sah aus wie ein Hotel im Jodelbarock. Hinter dem Tresen machte eine Frau im Dirndl auf Wohlfühlstimmung. Ein Mann mit Schnauzbart und Trainingsanzug schob seinen Rollator zur Sitzgruppe neben den Yukkapalmen. Er packte die Griffe so fest, dass die Knöchel weiß wurden. An einem Finger hing ein Siegelring.

Der Himmel hatte Pastellfarben, der Wind wehte warm, wir machten einen Spaziergang. Außen zeigte die Klinik dunkles Holz und dicke Balken. Gut möglich, dass einer von Adolfs Bonzen dieses Landhaus in die Landschaft gestellt hat. Die Balkone hingen voll mit roten Geranien.

Der Name dieser Anstalt war nicht gelogen: *Gesundheitspark Alpenblick*. Das Gelände ging bis zu einem See, am Steg neben den Binsen war ein Kajak angebunden. Im Park standen alte Bäume, auf den Bergen lag der erste Schnee.

Basti humpelte tapfer. Bei jedem Schritt zog er das linke Bein nach.

Was macht das Knie?

Das Ding schwillt einfach nicht ab. Seit der OP hab ich jede Menge Draht drin.

Denk an Johan Museeuw. Der hat sich bei *Paris-Roubaix* die gleiche Kriegsverletzung geholt. Aber der Löwe von Flandern trainiert schon wieder.

Schön für ihn. Aber du weißt auch, dass sie nicht wussten, ob sie ihm das Bein amputieren müssen.

Hörst du nicht auf den Trainer? Radsport ist gut fürs Knie.

Lass stecken. Basti grinste, aber es sah gequält aus. Er machte seinen Vater nach, wie der seine Merksätze an den Mann bringt: Das Körpergewicht ruht auf dem Sattel, das Gelenk wird gut durchblutet.

An einer Birke mit gelben Blättern sagte er: Aber der meint ja einen anderen Radsport.

Wie jetzt?

Der glaubt ja immer noch an das Training, das den Körper stärker macht. Superkompensation, Regeneration, du kennst seine Sprüche aus dem Lehrbuch *Der Radfahrende Athlet*. Aber er ist nicht naiv. Alter, wie der mich zu Hause gelöchert hat. Wollte wissen, was ich alles genommen habe. EPO hab ich zugegeben, sonst nichts. Da ist er richtig fuchtig geworden. Hat mich angeschrien: Sag wenigstens den Ärzten alles! Die müssen wissen, welchen Dreck du intus hast. Mensch, das Zeug hat Nebenwirkungen!

Ich hörte Stöcke auf Kies klappern. Eine Gruppe Nordic Walker kam uns entgegen, angeführt von einer blonden

Trainerin. Sie trug eine gesteppte Weste und lächelte. Auf dem Rücken stand *www.gesundheitspark-alpenblick.de*. Alle Walker hatten einen Gürtel mit kleinen Trinkflaschen umgeschnallt, auf allen war das Logo des Gesundheitsparks.

Wir setzten uns auf eine Bank und guckten aufs Wasser. Im See schnappte ein Fisch nach Luft. Die Sonne schien schräg über die Berge. Wir schwiegen eine Weile, ein Frosch plumpste aus dem Schilf. Bastis Gesicht hatte sich verändert. Eigentlich war seine Haut hell und glatt. Jetzt hatte er jede Menge Pickel. Vorsichtig zeigte ich auf die Zahnspange.

Nimmst du die Hormone noch?

Spinnst du? Das Wachstumszeugs habe ich vor der Tour zum letzten Mal genommen. Wirkt anscheinend nach.

Ich kannte das aus dem Trainingslager. Im Januar, wenn sich die Mannschaft auf Mallorca traf, fuhren viele mit Zahnspange. Dann war klar: Noch einer, dem vom EPO die Muskeln geschrumpft sind, deshalb muss der Wachstumshormone nehmen. Aber das Zeug beschränkt seine Wirkung leider nicht auf die Beine, davon werden auch die Kieferknochen größer.

Bei den Rennen sah man keine Klammern mehr, hätte ja blöde Bilder gegeben: Männer mit Helm, im Sprint bei Tempo 70, aber Zahnspangen wie Mädchen mit Blockflöte.

Bringt die Klammer keine blöden Fragen?

Schon. Ich sag dann halt, beim Sturz hätte mein Gebiss was abgekriegt.

Sport ist Mord.

Sehr lustig. Aber genau diesen Klassiker bringe ich an dieser Stelle auch, dann sind alle fröhlich.

Basti trug ein schwarzes T-Shirt vom Sponsor. Nach

dem Toursieg ist die ganze Mannschaft mit diesen Teilen eingedeckt worden, mich haben sie als Frontmann für die neue Kampagne aufgebaut. Auf der Brust war ein fettes Victory-Zeichen. Den Spruch auf dem Rücken fand ich von Anfang an daneben:

Der Zweite ist der erste Verlierer

Der Sponsor wollte diesen Spruch auch auf unsere Trikots drucken, oben auf der Rückseite. Aber das hat nicht funktioniert. Weil wir so gebückt fahren, dass man das nur aus dem Hubschrauber lesen kann. Weiter unten ist kein Platz, da sind ja die Trikot-Taschen, in die wir das stopfen, was wir unterwegs brauchen. Das Ganze war eine Idee von Leuten, die den ganzen Tag im Meeting sitzen. Marketingtypen geilen sich an solchen Sätzen auf. Aber das hat doch nichts mit Sport zu tun. Wenn 200 Mann an den Start gehen, gibt es am Ende 199 Verlierer. Die sind deshalb doch nicht alle schlecht. Manchmal gewinnt der Falsche. Ein Feigling, der halt Dusel hatte. Und der Mann, der auf Platz 13 der Ergebnisliste steht, ist ein großes Rennen gefahren. Nur ein schlechter Sieger verhöhnt seine Gegner. Tyler Robinson macht so was.

Außerdem sind diese Lifestyle-Shirts ganz billiges Glump. Frau Eisenbeiß ist die perfekte Hausfrau, die hat Bastis Sachen garantiert nicht zu heiß gewaschen. Aber das fiese Hemd war bleich und ausgeleiert. Nur der Spruch war noch einwandfrei zu lesen:

Der Zweite ist der erste Verlierer

Da war die Uhr an Bastis Handgelenk schon ein anderes Kaliber. Das Gehäuse aus Titan schimmerte matt, die Zeiger glänzten gelb. Unter dem Zifferblatt aus Glas konnte man die Rädchen des Uhrwerks sehen. Das Modell heißt *Mont Ventoux*, limitierte Serie. Mein Manager hatte mit dieser Schweizer Marke einen genialen Werbevertrag ausgehandelt. Es war Teil des Deals, dass jeder aus der Mannschaft eine Uhr bekommt, auch die Mechaniker. Die Schweizer haben das akzeptiert und gefragt, ob sie eine Widmung auf die Rückseite gravieren sollen. Da hab ich mich für Bastis Spruch entschieden:

QUÄL DICH, DU SAU!

Jetzt zeigte die Uhr halb fünf. Basti schlug mir mit der flachen Hand auf den Oberschenkel und sagte:

Junge, Junge, was waren wir naiv. Haben geglaubt, wir spritzen ein bisschen EPO, und dann geht's ab im großen Gang. Ich hab mal gerechnet, hab ja jetzt viel Zeit: Im Schnitt waren das jeden Monat 4.000 Mark für diverse Beschleuniger. Und jetzt brauch ich ne Apotheke wie ein alter Mann.

Was ist die Alternative? Fürs Kunstradfahren sind wir nicht gelenkig genug.

Überleg doch mal: das ganze Peloton, 200 Mann, mal zwölf Monate, mal 4.000 Mark. Zieh von mir aus was ab für die Halbhirne, die sich das Zeug auf dem grauen Markt billiger besorgen. Auch dann kommst du locker auf acht Millionen im Jahr. Wir setzen uns zusammen, Vollversammlung aller Profis, und versprechen uns: Ab morgen nimmt keiner mehr was. Jeder spart bares Geld, das Feld fährt zwei Kilometer langsamer, aber im Klassement ändert sich nichts. Ich bleib Wasserträger, du fährst um den Sieg.

Und die Amateure lachen sich tot. Oder hast du das nicht mitgekriegt? Den Sieger vom *Ötztaler* haben sie erwischt –

das musst du dir reinziehen: Da dopt sich einer, weil er einen Radmarathon für Hobbyfahrer gewinnen will.

Noch krasser sind die Senioren drauf – spritzen sich schnelles Blut fürs Ü60-Rennen. Wozu? Da gibt's kein Geld, die Gattin kannst du auch nicht mehr beeindrucken, und bei der Weihnachtsfeier im Vereinsheim verdrehen alle die Augen, wenn die Alten sich wichtig machen. Um fünf muss ich zum Aqua-Jogging.

Auf der Heimfahrt machte mir auch der Porsche keinen Spaß. Ich hörte den Sound des Motors nicht, ich vergrübelte die besten Kurven. Über mein Los in der Gen-Lotterie konnte ich mich wirklich nicht beklagen. Von hundert Menschen bekommen vielleicht drei den richtigen Körper für einen Radsportler. Und von hundert Rennfahrern haben zwei die Muskeln mit der perfekten Mischung von Kraft und Ausdauer. Beide dopen. Wen zwingen die Nebenwirkungen zuerst in die Knie? Wie lang bleibt das Glück bei mir?

Irgendwann sah ich das Tor der Doppelgarage vor mir. In der Einfahrt waren die Formsteine frisch verlegt, rings ums Haus lag nackte Erde. Für den Garten hatte es in diesem Sommer nicht mehr gereicht, gleich nach der Tour war Paul auf die Welt gekommen. Ich hängte meine Lederjacke an die Garderobe und nahm meinen Sohn in den Arm. Seit der Geburt hatte er dunkles Haar, eine richtige Matte. Seine Augen waren groß und braun. Paul war ein zurückhaltendes Kind. Er strahlte einen nicht gleich an. Er guckte so kritisch, als ob er erst die Welt checken müsste. Ist alles okay, kann ich euch trauen? Niemand weiß, was in diesem kleinen Kopf vorging. Man musste erst die Prüfung bestehen, dann lächelte Paul. Oder auch nicht.

Als ich vom Gesundheitspark nach Hause kam, versetzten mir diese Augen einen Stich. Sie fragten:

Was hast du mir mitgegeben?

Roubaix

Du musst nur am Samstag den Mechanikern zuschauen. Dann weißt du, dass dieses Rennen nicht normal ist. Sie ziehen das Lenkerband ab, polstern den Lenker mit drei Millimeter Schaumstoff und wickeln dann das Band wieder drüber. Außerdem nehmen sie andere Reifen, die sind zwei Millimeter dicker als sonst. Macht zusammen fünf Millimeter – mehr ist nicht drin im Komfortpaket.

Sie haben es schon mit Federgabeln versucht. Was jeder Schüler an seinem Mountainbike hat, funktioniert hier nicht. Wo der Fortschritt am dringendsten gebraucht würde, kommt die Fahrradindustrie nicht voran. 1896 wurde das Rennen von Paris nach Roubaix zum ersten Mal ausgetragen. Jeder richtige Radsportler weiß, dass bisher nur ein Deutscher diesen Klassiker gewonnen hat: Josef Fischer, gleich 1896. Seither stehen viele Belgier in der Siegerliste.

Dieses Rennen ist ein Monument. Die einen würden es am liebsten abreißen, die anderen verehren es. Seine Kanten sind bis heute scharf geblieben: Es geht über 27 Pavés. Auf diesen Abschnitten ist die Straße so grob gepflastert wie anno dunnemals. Insgesamt müssen wir mit unseren Rennrädern über 50 Kilometer Kopfsteinpflaster. Blöderweise liegen aber zwischen den Pavés 210 Kilometer normal geteerte Straße, auf der schluckt eine Federgabel zu viel Energie. Gefederte Sattelstützen bringen auch nichts, da hast du's hinterher am Knie.

Dieses Jahr fällt das Rennen auf Ostern. Und ich will Turbo 2.0 testen. Das habe ich mit dem Doc ausgemacht. Wenn der Beschleuniger nicht funktioniert, haben wir bis zum Sommer genug Zeit, was anderes zu probieren. Der Anfang ist einfach. Am Karfreitag kriege ich nach dem Abendessen eine SMS: *bistro des belges, 112 rue saint-honoré*. Die Namen haben nichts zu sagen, nur die Zahl ist wichtig. Zu Vitali sage ich, dass ich noch bei den Mechanikern vorbeischaue, weil mein Tretlager quietscht. Ich gehe in den ersten Stock des Mannschaftshotels, im Zimmer 112 wartet ein Typ, den ich noch nie gesehen habe. Er hat einen Rucksack dabei wie ein Student, aus dem holt er eine Styroporbox. Ich lege mich auf das Bett, er nimmt das Bild von der Wand, Seerosen auf einem Teich. Am Nagel hängt er den Blutbeutel auf, der in dem Styropor war. Ich merke schnell, dass der Mann noch nicht viele Spritzen gesetzt hat. Kein Problem, sage ich und steche mir selbst die Kanüle in den Arm. Ich hab ja genügend Übung in dieser Disziplin, dank Onkel Edgar und diversen Infusionen.

Das Blut, das aus dem Beutel am Bilderhaken rinnt, sieht ziemlich dunkel aus. Der Schlauch riecht nach frischem Plastik. Das Blut stammt von mir, aber es ist eklig kalt. Der Typ sieht, dass ich eine Gänsehaut am Arm kriege. Er zeigt mir eine Packung Eiswürfel, die in seinem Rucksack steckt, und sagt mit einem fetten Grinsen: *Blood on the rocks*. Der Rucksack ist noch halb voll, da sind wohl viele Turbos drin.

Die Seerosen haben einen vergoldeten Rahmen und lehnen an der Minibar. Als der Beutel halb leer ist, klopft es an der Tür. Wir zucken beide zusammen, mir flutscht fast die Nadel aus dem Arm. Der Typ legt den Zeigefinger an seine Lippen, schleicht auf Zehenspitzen zur Tür und dreht so leise den Schlüssel um, dass kein Ton zu hören ist. Draußen flucht ein Franzose, *merde*, dann gehen Schritte den Gang runter.

Nach einer Viertelstunde oder so zieht mir der Kurier die Kanüle aus dem Arm, nimmt eine Nagelschere, schneidet den leeren Beutel klein und spült die Plastikschnipsel das Klo hinunter. Dann verrammelt er das Bett, dass es benutzt aussieht, gibt mir die Hand und wünscht mir viel Glück.

Bei Kilometer 90 stürze ich das erste Mal. Da haben die Fotografen noch gar nicht mit dem Fotografieren angefangen, die sitzen noch bei Françoise und essen Omelette, in der Dorfkneipe am ersten Pavé. Zehn Kilometer vorher liegen ein paar Dutzend Rennfahrer auf einem Haufen, Mensch und Material. Der Sturz ist eigentlich nicht schlimm. Ich lande weich, Knie und Ellbogen haben nichts abgekriegt. Blöd ist nur die Schramme über der Augenbraue. Da haben mir die Zacken von einem Kettenblatt die Haut aufgeschlitzt. Wenigstens Campagnolo. Wie beim Querfeldeinrennen schultere ich das Rad und laufe über die Böschung am Schlachtfeld vorbei. Ein kleiner Spanier lehnt benommen an der Leitplanke. Er sieht schlimm aus, aber das will nichts heißen. Die Hänflinge aus der 60-Kilo-Klasse haben keine Chance bei diesem Rennen. Manche sind froh, wenn sie vor dem ersten Pavé einen Grund zum Aufgeben finden.

In den nächsten vier Stunden muss ich immer wieder Blut aus dem Auge wischen. Aber nur auf den asphaltierten Stücken, auf dem Pflaster geht das nicht. Da darfst du keine Hand vom Lenker nehmen. Das ist kein gepflegtes Kopfsteinpflaster wie in der Altstadt, über das sich Frauen mit Stöckelschuhen aufregen. Das sind grobe Steinbrocken mit wilden Bruchkanten, mit denen sie vor dem Ersten Weltkrieg die Karrenwege zu den Kohlegruben befestigt haben. Die Schlaglöcher sind einen halben Meter tief, denen weichen selbst Traktoren aus. Man sieht ihre dicken Reifenspuren im Acker. Aber wir dürfen die Rennstrecke nicht verlassen, sonst werden wir disqualifiziert. Unser Teamchef fährt den Materialwagen vom letzten Jahr. Beim neuen hat er Angst um die Ölwanne.

Die Rillen zwischen den Pflastersteinen sind manchmal so breit wie zwei Rennradreifen. Am dritten Pavé schlägt eine Bruchkante durch bis auf die Felge, ich hab den ersten Platten. Bis zum Ziel sind es noch 24 Pavés. Die Fans, die von der Härte dieses Rennens schwärmen, sollten mal die Pflastersteine zählen. Dann dürfen sie über den Mythos reden.

Bei *Paris-Roubaix* hast du die Wahl zwischen Pest und Cholera. Bei Pest scheint die Sonne und es ist trocken. Dann wirbeln die Räder eine große Wolke auf. Der Staub verklebt die Augen und beißt im Rachen. Bei Pest suchst du die Ideallinie am Rand des Pflasters, auf den Trampelpfaden im weichen Ackerboden.

Dieses Jahr fahren wir mit Cholera. Es regnet. Gleich hinter Compiègne pfeift ein Schneeschauer über die Felder. Dort haben 1918 die Deutschen vor den Franzosen kapituliert, hat mir der Trainer erzählt.

Bei Cholera ist das Pflaster glatt wie Schmierseife. Du glaubst, du fährst geradeaus, aber plötzlich rutscht das Hinterrad weg. Und du kannst dir keine Stelle mehr aussuchen, wo du hinstürzen willst. Bei Cholera musst du eine Linie in der Mitte suchen, wo der Weg einen Buckel hat. Außen stehen Pfützen, von denen du nicht weißt, wie tief sie sind.

Das Pavé von Troisvilles ist über zwei Kilometer lang. Plötzlich biegt der Feldweg in einem harten 90-Grad-Winkel nach links ab. Auf der Weide glotzen Kühe. Zwischen ihnen und uns ist Stacheldraht. Ich muss an Basti denken, jetzt schüttelt es mich von innen heraus. Der Lenker rüttelt an den Händen, nach dem vierten Pavé sind sie taub. Das Peloton hat sich längst aufgelöst. Kleine Gruppen kriechen durch die kalte Ebene. Hundert Meter vor mir ein Begleitfahrzeug, da müssen die nächsten Rennfahrer sein. Der Funk ist ausgefallen. Wahrscheinlich ist unsere Mannschaft schon aufgerieben. Zwei Mann sollen das Ziel erreichen, das war die Ansage vom Teamchef.

Im Matsch stehen Belgier. Sie schwenken gelbe Fahnen mit dem Löwen von Flandern. Wir sind braun. Beim Fahrer einen halben Meter vor mir kann ich die Rückennummer nicht mehr lesen. Er sieht aus wie ein Schnitzel, rundum paniert. Welche Farbe hatte seine Radhose am Start? Wenn ich den Tacho ablesen will, muss ich vorher den grauen Dreck wegwischen. 48 Stundenkilometer. Ich sehe Ohrringe, so groß wie Untertassen. Sie hängen an einer blonden Frau, die unter einem Schirm steht. Auch sie kapiert, wie hart unser Sport ist. Das ist das Schöne an diesem Rennen.

Vorne tauchen Fördertürme auf. Dann stehen mickrige Häuschen neben der Straße. In denen haben wohl die Kumpels gewohnt. Der Trainer hat mir von den Kohlegruben erzählt, wo sie schuften mussten wie die Tiere. Ein Franzose hat einen Roman drüber geschrieben, der heißt *Germinal*. Gibt's auch als Film, mit Gérard Depardieu. Der wurde hier gedreht. Die Kneipe bei den Fördertürmen sieht aus wie fürs Kino hergerichtet, Männer mit Biergläsern stehen davor. Meine Handschuhe sind aufgeweicht.

Hinter dem Bergwerk kommt die Finsternis. Jetzt geht's in den Wald von Arenberg. Hier steht die Strecke unter Denkmalschutz. Sie ist das ganze Jahr gesperrt, damit kein Auto die Schlaglöcher ruiniert. Nur wir dürfen an diesem Sonntag übers heilige Pflaster. Das Pavé von Arenberg ist 2,4 Kilometer lang, das weiß jeder Fahrer und jeder echte Fan. Es geht schnurgerade durch den Wald, rechts und links stehen Zehntausende, ungelogen. Steine stecken schräg im Boden. Die Räder rollen nicht, sie springen. Du musst mit roher Gewalt übers Pflaster prügeln. Beim Vordermann schlingert die Kette. Ich bringe noch richtig Druck aufs Pedal, überhole. Der Veranstalter hat Absperrgitter aufgebaut, damit keiner auf den weichen Waldboden ausweichen kann. Logisch, die Leute wollen ja sehen, dass wir uns quälen wie die Malocher aus der Kohlegrube.

Nach dem halben Pavé mein dritter Sturz. Mit einem Schlag blockiert das Rad. Ich kann mich mit den Händen abfangen, rutsche ein paar Meter übers Pflaster. Untersuche das Vorderrad – alles gut. Das Hinterrad auch. Das Problem sitzt in der Mitte: Bei dem Gerüttel ist der Flaschenhalter gebrochen und hat sich um die Kurbel gewickelt. Ich reiße ihn ab. Weiter.

Bei Kilometer 190 hole ich einen Fahrer ein. Er hat noch was drauf, sein Tempo könnte passen. Mit einem guten Partner ist Radsport genial. Man teilt sich die Führungsarbeit. Ich fahre einen Kilometer vorn, halte im Wind das Tempo hoch. Dann lasse ich mich links rausfallen, der andere übernimmt, und ich kann mich eine Weile in seinem Windschatten erholen. Da bist du geborgen und spürst den Regen nicht mehr. Aber der schlammige Typ neben mir ist André, ein Franzose aus dem Elsass. Keiner im Feld mag ihn, noch nicht mal die aus seiner Mannschaft. Na Mahlzeit, wenn ich mit dem die nächsten 70 Kilometer fahren muss.

André ist ein Lutscher von der übelsten Sorte. Der macht drei Tritte im Wind, dann setzt er sich auf meinen Gepäckträger. Ächzt, als ob er völlig platt wäre. An einem Misthaufen, kurz vor dem Carrefour de l'Arbre, trete ich an. Ich staune, wie viel Dampf ich noch in den Beinen habe. Aber der klebt an mir wie eine Klette.

Auf den Pavés halte ich Abstand. Das kostet unnötig Kraft, aber dem traue ich zu, dass er mich abschießt. Ein kleiner Schlag, und ich lieg wieder auf der Schnauze. Selbst wenn die Kamera dabei ist, sieht man die Absicht nicht, er tut hinterher wie ein Unschuldslämmchen: Hab mich auch gewundert, warum Witt plötzlich weg war.

Roubaix. Die kleine Allee, dann zwei scharfe Kurven, ganz vorsichtig auf den verschmierten Reifen. Jetzt noch eineinhalb Runden auf der Radrennbahn. Eine Videowand, der Sprecher heizt den Zuschauern ein. Das kleine Einmaleins der Taktik: Wir werden langsam, keiner will jetzt führen. In der letzten Steilkurve trete ich an. Ich will den Stein. Aber der schwache André, der sich 70 Kilometer mitschleppen ließ, erlebt eine Wunderheilung. Er schießt aus meinem Windschatten, ich halte dagegen. Auf dem Zielfoto hat er eine Reifenbreite Vorsprung. Bei der Siegerehrung hält er die Trophäe hoch bis in die Wolken. In Roubaix kriegst du keinen hässlichen Pokal, sondern den reellsten Preis, den unser Sport zu bieten hat: einen Pflasterstein auf einem Sockel.

An meinem Trikot hängt ein Klumpen Rotz. Zwischen den Zähnen knirscht Sand. Von meiner Haut sieht man erst wieder was, als ich die Brille abnehme. Zwei helle Ringe um die Augen. Richtig bitter wird's beim Duschen. Die Holzbänke sind rott, es gibt keine Kabinen, nur halbhohe Trennwände, die seit dem Krieg nicht mehr renoviert wurden. An jeder Schule wäre das Geschrei groß, wenn die Kinder nach dem Turnen in so einen Siff geschickt würden. Aber der braune Belag stört mich nicht, auch nicht der grüne Schlunz an den nackten Wänden. In den Duschen der Radrennbahn von Roubaix hängen Schilder. Da sind die Namen der Sieger in Messing graviert. In ein paar Tagen kommt der Hausmeister oder ein Handwerker und schraubt ein neues Schild an. Für alle Zeiten wird der Name von André draufstehen.

Am Montag gab ich ein schwaches Bild ab. Meine Hände taten weh und hatten keine Kraft. Beim Frühstück musste Kathrin mir das Glas mit der Erdbeermarmelade aufschrauben. Am Mittwoch lief zum letzten Mal Eiter aus der Platzwunde über dem Auge. Aber damit war dieses Rennen noch nicht zu Ende. Der Test von André war positiv, die B-Probe auch. Das Geschacher zog sich den ganzen Sommer hin, es gab Gutachten und Gegengutachten. Als wir im Herbst in der Lombardei das letzte Rennen fuhren, stand oberamtlich fest: Er hatte einen Beschleuniger aus der zweiten EPO-Generation genommen, von dem er dachte, der sei nicht nachweisbar. André wurde aus der Siegerliste von Paris-Roubaix gestrichen. Ob sie in der Dusche seinen Namen abgeschraubt haben, weiß ich nicht.

Ich wurde nach meiner Meinung gefragt. Die Interviews waren Steilvorlagen zur Empörung, und ich war richtig sauer auf André. Nicht wegen EPO, sondern, weil er ein feiger Lutscher ist. Aber ich hielt den Ball flach. Selbst den Turbo nehmen und andere wegen Doping verurteilen – das ging mir gegen den Strich.

In dieser Zeit machte ein Witz die Runde: Wie gewinnst du ein Radrennen? Einfach warten, bis alle vor dir disqualifiziert sind.

Im nächsten Winter gab es eine kleine Zeremonie. Ich stand auf einem Podest unter Palmen, hinter mir Dünen aus hellem Sand, vor mir der Persische Golf. Die *Katar-Rundfahrt* wird vom gleichen Veranstalter organisiert wie *Paris-Roubaix*. Sie führt durch den hintersten Winkel der Arabischen Wüste. Dieses Land hat wenig Straßen, keine Berge, und niemand fährt dort Rad. Dicke Männer brettern in fetten Jeeps die Sanddünen rauf, das nennen sie Sport.

Vor dem Start dieses Mickymausrennens bekam ich die Trophäe überreicht, die einen Rennfahrer in besseren Zeiten unsterblich gemacht hat. Ich hielt den Pflasterstein von Roubaix in den warmen Wind. Ein paar Männer mit schwarzen Schnüren um weiße Kopftücher guckten blöd und klatschten höflich.

Vulkankegel

Das Frühjahr lief perfekt. Der Turbo funktionierte, ich gewann die *Deutschlandrundfahrt.* Mein Sohn fing an zu krabbeln. Kathrin und ich lachten uns schlapp: Erst rutschte Paul auf dem Bauch wie eine Robbe. Als er lernte, wie man die Beine einsetzt, wurde er richtig schnell.

Ende Juni stillte Kathrin ab. Am Abend vor meiner Abreise zur *Tour de France* ging ich mit ihr essen. Sie trug ein Sommerkleid mit einem großzügigen Ausschnitt, wir fuhren mit dem Porsche durch das Markgräfler Land und freuten uns auf den *Rebstock.* Das war unser Lieblingsrestaurant in einem alten Fachwerkhaus. Sie durfte zum ersten Mal wieder richtig trinken und ich zum letzten Mal gut essen. Vor mir lagen drei Wochen Spaghetti mit Honig und Tomatensauce. Schon vor dem ersten Schritt auf dem knarzenden Holzboden wusste ich, was ich wollte: Variationen von der Gänsestopfleber. Dazu bestellte ich eine Flasche *Dom Pérignon.*

Beim Kalbsbries mit Morcheln entwickelte sich der Abend in die falsche Richtung. Ich weiß noch, wie sie ganz harmlos anfing:

Du sagst doch immer: Das Timing ist entscheidend.

Willst du jetzt mit mir über Ausreißversuche diskutieren?

Wie man's nimmt. Wenn du den Prolog fährst, bringe ich Paul zu meiner Mutter. Am Montag hab ich den Termin in Baden-Baden.

Was liegt an?

Sie wurde leiser. Im *Rebstock* stehen die Tische eng beieinander, die Wände sind mit dunklem Holz getäfelt. Da hängt kein Brokatgebämsel rum, das den Schall schluckt.

Ich lasse mir die Brüste tunen.

Was hat das jetzt mit Timing zu tun?

Oh Max, muss ich dir alles erklären? Das ist doch logisch: Wenn du die Tour fährst, schleicht kein Paparazzo durch Bottighofen. Du hast doch was gegen die Vorher-Nachher-Bilder.

Ja, aber warum willst du da überhaupt Plastik reinmachen? Seit der Schwangerschaft ist dein Busen doch gewaltig.

Danke für die Blumen. Aber genau so soll er nach dem Abstillen bleiben. Ich will nicht, dass er kleiner wird und hängt.

Kann schon sein, dass ich an diesem Abend den Champagner zu schnell getrunken habe. Ich erinnere mich, wie ich die Hände vor meine Brust gehalten und gewölbt habe, als ob ich Megamöpse hätte. Auf jeden Fall hat eine Frau vom Nebentisch komisch geguckt. Und ich wurde streitlustig.

Wie wär's mit dem vollen Programm? Lippen aufspritzen, Nase kleiner? Alles in einem Aufwasch, wenn wir schon dabei sind. Vielleicht gibt's Mengenrabatt.

Musst du gerade sagen. Ich will gar nicht wissen, was du alles nimmst, damit du fährst wie ein Moped.

Am nächsten Morgen flog ich grantig nach Dublin. Dort mussten wir zum Prolog antreten. Normale Menschen halten es für einen Witz, wenn die *Tour de France* in Irland beginnt. Aber dieses Rennen ist so französisch, dass die Franzosen den *Grand Départ* auch ins Ausland verkaufen können. Die Iren haben ein paar Millionen gezahlt für den Start. Wir spulten zwei Etappen auf ihrer Insel ab, dann mussten alle ungeduscht auf die Fähre und wir dümpelten endlos übers Meer.

Vor der fünften Etappe stieß Basti zu uns. Er fuhr jetzt Auto. Sein Knie war immer noch dick. Im Winter hatte er eine Blutvergiftung, im Frühjahr gab er das Training endgültig auf und fing eine Ausbildung zum Fitnessfachwirt an. Bei der Tour kam er zurück in den Dunstkreis des Sports und kutschierte Gäste des Sponsors durch Frankreich. Wer viele Handys verkaufte, durfte eine Etappe live erleben, mit Kommentaren des Ex-Profis Sebastian Eisenbeiß.

Ich wollte Revanche. Tyler Robinson sollte mich nicht noch einmal schlagen. Mit dem Doc hatte ich die Marschroute vereinbart: vier Transfusionen, letzter Ölwechsel vor den Pyrenäen. Ich hatte keine Ahnung, was der Ami nahm. In diesem Punkt blieb der Doc eisern: Er verriet nicht, wer Blut bei ihm gebunkert hatte. Vorsichtshalber probierte ich noch etwas Neues. Willy besorgte mir die hellblauen Pillen. Die sind eigentlich für die Potenz, aber sie regen auch sonst die Durchblutung an. Wichtig war nur, sie gleich nach dem Start zu nehmen, damit sie nicht über das Ziel hinaus wirkten. Sonst sah das blöd aus. Bei unseren Radhosen denkt der Laie ja eh, wir hätten Windeln drin. Da braucht es nicht auch noch eine Beule nach vorne raus. Aber sonst war Viagra perfekt. Es fühlte sich so an, als ob es was bringen würde. Und es stand nicht auf der Dopingliste.

In den Alpen telefonierte ich mit Kathrin. Sie erzählte begeistert von der Operation. Von einem Schnitt in die Achselhöhle, von dort wurde das Zeug irgendwie in die Brüste geschoben.

Sie werden dir gefallen, sagte sie, sind nen Tick größer als im neunten Monat.

Das war eine gute Nachricht. Immerhin war sie nicht so größenwahnsinnig, sich auf Doppel-D zu tunen. Oder E oder F, was weiß ich, wo die Skala aufhört. Dass sie keine Narben an den Brustwarzen hatte, gefiel mir auch. Misstrauisch wurde ich, als sie die Implantate lobte. Medizinische Qualitätsprodukte, sagte sie, TÜV-geprüft. Ich hatte Erfahrung mit Lügen, die sich gut anhören.

Dann kam der Vulkan. Wir sahen den Puy-de-Dôme schon von Weitem. Der stand in der Landschaft, wie ein Kind einen Berg malt: links einen Strich rauf, rechts einen runter, zack, zack. Ein Kegel ohne Firlefanz, aber nicht so regelmäßig wie im Geometriebuch. Da mussten wir rauf. Die Straße war eigentlich zu schmal, seit Jahren führte die Tour da nicht mehr hoch. Aber gerade deshalb hatte der Veranstalter den Vulkan eingebaut. Er bot eine spektakuläre Bühne für das Duell zwischen Tyler Robinson und Max Witt. So wie 1964, beim Showdown zwischen Poulidor und Anquetil. Raimond Poulidor war eigentlich der bessere Bergfahrer. Aber Jacques Anquetil bluffte. Er fuhr auf der Bergseite und schüchterte seinen Gegner ein. Rempelte ihn mit der Schulter Richtung Abhang, als ob er seine Kraft nicht zügeln könnte. Erst auf dem letzten Kilometer fuhr ihm Poupou davon und holte magere 42 Sekunden heraus.

Der Vulkan ist nicht hoch. Aber steiler als die Alpen, oben sind es 16 Prozent. Die Straße führt wie eine Spirale um den Berg. Tyler belauert mich, ich belauere ihn. Nimmt er auch Viagra? Oder bringt das bei ihm nichts, kriegt der nach seinem Krebs überhaupt noch einen hoch? Das ist ja das blöde am Doping: Du siehst keinem an, ob er etwas nimmt. Selbst wenn du drei Wochen jeden Tag neben ihm fährst. Keiner kriegt grüne Lippen.

Die Gasse zwischen den Zuschauern wird immer enger. Die sind drauf wie beim Stierkampf: stellen sich in den Weg, schwenken Fahnen wie das rote Tuch und springen erst im letzten Moment zurück. Einer ist zu langsam – Tyler fädelt mit dem Lenker ein, bleibt an einer Plastiktüte hängen. Den Typen reißt es um, und Tyler stürzt. Das gelbe Trikot liegt am Boden.

Das ist meine Chance. Noch sieben Kilometer. Wenn ich jetzt antrete, nehme ich ihm locker zwei Minuten ab. Aber so will ich nicht gewinnen. Das hat doch nichts mit Wettkampf zu tun, wenn man einen tritt, der am Boden liegt. Außerdem kommst du damit im Radsport nicht durch. Im Fußball reicht manchmal ein glücklicher Moment, der das Spiel Eins zu Null entscheidet. Aber wir fahren fast 4.000 Kilometer. Das langt, um offene Rechnungen zu begleichen.

Ich nehme Tempo raus und warte, bis Tyler wieder da ist. Aber dann fährt der wie angestochen, geht ab im Wiegetritt. Oben hat er 18 Sekunden Vorsprung, war wohl das Adrenalin.

In der Nacht träumte ich von einem Vulkan. Neben dem Kegel stand noch einer. Die sahen aus wie Zwillinge, zwei stramme Berge. Aber dann kam ein Erdbeben, und der eine verrutschte. Er wurde schief und unförmig. Ich kam nicht mehr hinauf.

Am Ruhetag war mein Manager aus dem Häuschen. Er schwärmte von den Blitzumfragen. Da wurde ich gefeiert als Deutschlands fairster Sportler. 82 Prozent sagten, ich sei ein Vorbild. Neue Werbepartner fragten bei Felge an.

Richtig große Kaliber, sagte er begeistert, wenn nur einer von denen unterschreibt, musst du in die Schweiz ziehen.

Das mit der Schweiz meinte er ernst. Aber ich hatte am nächsten Tag ganz andere Sorgen. Ich wachte auf und rieb mir die Augen. Auf dem rechten sah ich so verschwommen wie durch eine Gardine. Es tat nicht weh, aber das Reiben half genauso wenig wie kaltes Wasser. Noch vor dem Frühstück ging ich zu Willy. Der machte ein bedenkliches Gesicht und schickte mich zum Mannschaftsarzt. Der gab mir eine Salbe, die nicht half.

Kannst du fahren?, fragte Willy.

Ich versuch's.

Der Tag war ein einziges Gewürge. An einen Ausreißversuch war nicht zu denken. Aber Omnibusfahren ging auch nicht. So nennt man das, wenn einer unauffällig im Feld mitrollt. Jens und Vitali, Udo und Giuseppe beschützten mich. Sie schirmten mich nach allen Seiten ab. Aber sobald es ins Getümmel ging, hielt ich Sicherheitsabstand. Wenn du bei einer Abfahrt mit 75 in die Kurve gehst, passt manchmal nur ein Kaffeebecher zwischen dein Vorderrad und das nächste Hinterrad. Aber ich traute mich nicht. Ich gurkte so unsicher, dass ich Lücken ließ, die waren so groß wie Campingtische. Trotzdem stürzte ich auf 180 Kilometern zwei Mal. Mit Basti wäre ich wahrscheinlich durchgekommen, der hätte mich geführt wie ein Blindenhund. Aber der fuhr ja Auto und brachte Handyverkäufer zum *Champion's Club*.

Am Abend rief ich den Doc an. Der fragte, wann ich die letzte Transfusion bekommen hätte. Dann murmelte er etwas von seltenen Komplikationen, was mich wohl optimistisch stimmen sollte. Zentralnerventhrombose, leicht zu beheben mit einem kleinen Lasereingriff. Aber ich war ja unterwegs, also musste das Problem mit Bordmitteln gelöst werden. Am Telefon diktierte er das Rezept: HES, 1 Liter, harmloses Mittel zur Blutverdünnung, aus Kartoffelstärke. Willy hatte das nicht, aber er besorgte die Infusion beim *Team High Energy* und hängte mich an den Tropf. So läuft das immer noch im Radsport: Trotz aller Konkurrenz hilft man sich gegenseitig, mit Proviant und Kettennieten.

Zwei Tage später sah ich wieder klar. Tyler Robinson verteidigte das gelbe Trikot bis Paris, ich wurde wieder Zweiter. Diesmal lud der Sponsor zu einer Bootstour auf die Seine. Das Beste an meiner Niederlage war, dass nicht alle krampfhaft irgendetwas Gelbes anziehen mussten. Kathrin trug ein rotes Top. Es war eng und hatte keinen Ausschnitt. Aber es war nicht zu übersehen, wie die Blicke an ihrem Busen hängen blieben. In der Dämmerung schipperten wir an Notre-Dame vorbei. Als ich sie richtig in die Arme nehmen wollte, sagte sie:

Vorsicht! Die sind empfindlich.

Puig de Randa

Mallorca wird überbewertet. Wenn wir dort sind, ist kein Wasser in den Pools. Es regnet, und der Ballermann hat zu. Wenigstens sind die Straßen nicht glatt.

Am dritten Tag fuhren wir zum Tafelberg von Randa. Es ging an leeren Golfplätzen vorbei, und an Windmühlen.

Ihre Flügel drehten sich nicht, obwohl es stramm vom Meer her blies. Die frische Luft tat mir gut, nach all den Abenden beim Fernsehen. Die Galas waren stickig, ich wurde für meine Fairness gefeiert. Bei den *Menschen des Jahres* saß neben mir ein Mädel auf der Couch, das hatte einen unfassbaren Job: Man konnte sie als Aktivistin mieten. Wenn jemand gegen eine neue Brücke oder einen Großflughafen oder sonst was protestieren wollte, aber zu viel zu tun hatte, um sich dort an einen Baum zu ketten, konnte er sie buchen. Ich fand das kreativ, sich einfach Zeit zu kaufen.

Die Straße zum Tafelberg verlief zwischen alten Trockenmauern. Dahinter standen Olivenbäume. Wir spulten unser Pensum in Doppelreihe ab. Jeder musste einen Kilometer führen, dann durfte er in den Windschatten. Als ich vorne fuhr, kam uns ein Traktor entgegen. Der Bauer war wohl schlecht drauf, warum auch immer. Am Straßenrand stand kein Hindernis, aber der kam immer weiter rüber und hielt direkt auf uns zu. Sollte wohl sein kleines Erfolgserlebnis werden: Den Radfahrern hab ich's gezeigt.

Aber nicht mit mir. Ich ziehe in die Mitte. Rechts neben mir fährt Vitali, der ist für so eine Aktion immer zu haben. Kurzer Blick unter der Achsel durch – die Jungs hinter mir sind dabei. Die ganze Mannschaft fährt *middle of the road*. Unterlenkergriff, Tempo anziehen. Ich kann den Traktorfahrer nicht sehen, aber ich schaue voll in die Windschutzscheibe, Auge in Auge mit dem Gegner. Unser Zug rollt, und der Bauer zieht zurück. Weicht aus, fährt einen Schlenker zum Straßenrand und schreit: *Hijos de puta!*

Früher sagte man zu Mallorca Trainingslager. Jetzt hieß das *Teambuilding*. Wir hatten zwei Neue in der Mannschaft, die sollten integriert werden. Nach einer Stunde kurbelte ich neben Stucki. Das war ein richtiger Schweizer: zähe Mundwinkel, Nase lang und schmal, fuhr als Einziger mit Helm. Hatte bei der *Tour de Suisse* eine Etappe im Jura gewonnen. Schwaches Bindegewebe, aber das sah ich erst später, als es warm genug war für kurze Hosen. Dünne Waden mit Krampfadern.

Gleich auf dem ersten Kilometer, den wir nebeneinander fuhren, legte Rolf Stucki los. Wir brauchen interne Kontrollen, eine Offensive für sauberen Sport. Es geht um die Glaubwürdigkeit.

Als im Frühjahr die *Deutschlandrundfahrt* anstand, machte er Front gegen die Mannschaft von den Hähnchenzüchtern: Die muss man wieder ausladen, bei denen hat der Kapitän gekokst, die sind kein Vorbild für den Nachwuchs.

Stucki führte sich auf wie ein Streber. Einer, der unter der Bank den Spickzettel nicht weitergibt und sich deshalb gut findet. Der trank nie Wein beim Essen. Wenn es Hühnchen gab, zog er die Haut ab, wegen zu viel Fett. Unser Vorzeige-Asket schaffte es nicht oft aufs Podest. Aber wenn, dann setzte er bei der Siegerehrung die Champagnerflasche an die geschlossenen Lippen und wischte sich gleich den Mund ab, dass ja kein Tropfen Alkohol seinen Athletenkörper verunreinigt.

Bis Randa fuhren wir flach, dann kamen vier Kilometer Serpentinen. Weil der Tafelberg oben viel Platz hat, haben sie alles Mögliche draufgebaut: Antennen, ein altes Kloster, daneben eine weiße Radarkugel. Aber die Aussicht vom Puig war so genial, dass sogar wir eine Pause machten. Tief unten lagen lächerlich klein die Hochhäuser von Arenal.

Im Norden die Berge, im Süden das Meer. Ein paar Mandelbäume blühten schon, weiß und rosa. Ich sah über die ganze Insel, am Horizont hingen Wolken. Hinter denen lag Stuttgart. Das war mein Ziel. Dort fanden in neun Monaten die Weltmeisterschaften statt. Das Heimrennen, alle Deutschen in der Mannschaft redeten darüber.

Wenn du durch den feuchten Winter fährst, brauchst du so ein Ziel im Kopf. Es hatte keine zehn Grad. Bei der Abfahrt tränten meine Augen, der Rücken war steif. Hinter den Kurven von Randa machte ich ein bisschen Gymnastik auf dem Rad. Ich fuhr am Ende der Gruppe, neben mir Floyd Hunter. Der war auch neu. Ein Amerikaner, kam aus der Mannschaft von Tyler Robinson. Auf ihn war ich gespannt. Wenn es gut lief, wollte ich ihn anzapfen. Mit welchem Treibstoff fährt der Mann, der mich zweimal bei der Tour geschlagen hat?

Floyd war blond. Er hatte nicht den pflegeleichten Kurzhaarschnitt wie die meisten im Peloton, seine Strähnen guckten unter einer schwarzen Wollmütze raus. Er kam aus Kalifornien und erzählte von dem Weinberg, den er sich nach dem Toursieg seines Kapitäns im Nappa Valley gekauft hatte.

Das schreibt der Ehrenkodex des Radsports vor: Wer die Tour gewinnt, verteilt das ganze Preisgeld an seine Mannschaft. Die Wasserträger, die Masseure und Mechaniker kriegen ihren Anteil, der Chef behält keinen Cent. Da sind drei Millionen Francs im Topf, aber selbst ein Vollpfosten wie Tyler Robinson hält sich an diese Regel.

Floyd schwärmte von seinem *winemaker* im Nappa Valley, was der für Tricks drauf hat: Der kann in seinem Labor einen Merlot zerlegen, in Alkohol und Geschmack. Dann setzt er ihn neu zusammen. Bei dem gibt's keine schlechten Jahrgänge mehr.

Ich erzählte ihm von unseren Winzern. Vom Gutedel hatte er noch nie was gehört. Über die Diskussion, ob man Weißburgunder im Barrique ausbauen soll oder nicht, musste er lachen. Wenn die Leute das gern trinken, warum nicht? Floyd war kein Besserwisser und ritt auf keinen Prinzipien herum. Der ging das Leben von der praktischen Seite an und kurbelte fröhlich neben mir her. Den Skandal um Pascal und die Mannschaft der *Baguettes* verstand er nicht.

Hey, was hat er getan? Warum regt sich ganz Europa auf? Die tun so, als hätte er den Weihnachtsmann erschossen.

Das Lieblingswort von Floyd hieß *bullshit.* Bei Kilometer 190 hatte ich verstanden, wie er den Sport sah: Radrennen sind hart genug. Nimm alles, was dir das Leben leichter macht. Doping ist, wenn du erwischt wirst.

Ja, es lief gut mit ihm. Bald könnten wir über die Beschleuniger von Tyler Robinson reden. Vielleicht schon bei der *Tour Down Under.* Jetzt waren es noch zehn Kilometer bis zum Hotel, ich freute mich auf die Massage. Da kam uns ein Cabrio entgegen. Entweder war es auf dem Weg zum *Bierkönig*, oder es kam von dort. Ein paar Jungs in Lederhosen, definitiv Deutsche. Einer saß mit Schlagseite auf der Beifahrertür, alle grölten *Wieder alles im Griff, auf dem sinkenden Schiff.* Das Auto schlingerte, der Fahrer fand es lustig, uns ins Visier zu nehmen.

Das war ein anderer Fall als der Bauer. Ich fuhr vorn, in der linken Reihe. Checkte den Straßenrand. Da war wieder eine Feldsteinmauer, davor ein Graben. Kein Platz zum Ausweichen. Handzeichen nach hinten, mit dem linken Arm winken: alle nach rechts, Einerreihe. Aus dem Sattel, mit einem kurzen Antritt an Floyd vorbei. Fahre am äußersten Rand, das rechte Pedal dreht sich über dem Graben. Links streift mich der bescheuerte Strohhut vom Bierkönig. Hinter mir flutscht der Reißverschluss, alle schaffen es gerade noch so an den Straßenrand.

Manchmal musst du dich schmal machen. Das lernst du als Radfahrer.

Im Kessel

Beim *Giro d'Italia* fiel Stucki vom Rad. In den Abruzzen stürzte er ohne Feindberührung und lag mit Schüttelfrost an einer Leitplanke. Die Situation war lebensgefährlich, mit dem Rettungshubschrauber kam er in die Klinik. Der Veranstalter erzählte dem Publikum, er habe bei der Hitze zu wenig getrunken. Die Italiener taten so, als ob sie das glaubten, und der Radsportverband unternahm nichts.

Unser sauberer Schweizer merkte wohl gar nicht, dass die Polizei ihn observierte. Sie hörten sein Telefon ab, und ein paar Wochen später war Razzia beim Doc. Die stürmten seine Praxis und nahmen alles mit, was sie in den Kühlschränken fanden. Ziemlich schnell machte eine Zahl die Runde: 99 Blutbeutel. Und noch eine: 66 seien von Radfahrern.

Nervös wurde ich nicht. Ich wusste ja, dass nirgendwo mein Name draufstand. Mit meinem Pseudonym fühlte ich mich sicher: *Ventoux*. Ich dachte, da würden die Fahnder nach einem Franzosen suchen. Natürlich war das mein Berg, aber jeder richtige Radfahrer musste da rauf.

Allerdings gab es ein Problem mit dem Nachschub. Ich hatte keinen genauen Überblick über die Reserven. Die Polizei musste mindestens drei Beutel von mir beschlagnahmt haben. Aber ich konnte ja schlecht zu den Bullen gehen und sagen: Auf das Blut, wo *Ventoux* draufsteht, müsst ihr gut aufpassen, dass es immer kühl gelagert wird. Vor den Weltmeisterschaften hol ich eine Portion ab.

Im Juli brach sich Floyd Hunter das Schlüsselbein, auf der dritten Etappe der *Tour de France*. Aber unser Kalifornier war nicht nur locker, der war auch zäh. Am nächsten Morgen ging er wieder an den Start. Mit zusammengebissenen Zähnen kurbelte er nach Biarritz. Zwischen den Weingütern von Bordeaux unterhielten wir uns über Cabernet Sauvignon. Und über Stucki. Es tat ihm gut, seinen Frust an einem Deppen abzulassen, auch wenn der weit weg war.

Motherfucker, sagte er und spuckte zum Straßenrand.

Macht einen auf sauberen Schweizer, sagte ich, und ist zu blöd zum Betrügen.

Floyd wusste ja nicht, dass Stucki und ich sozusagen Blutsbrüder waren. Ich hätte ihn mir nicht ausgesucht, aber es war halt so: Unsere Beutel lagen im gleichen Kühlschrank. Bis die Polizei kam. Auf der Flachetappe an der Atlantikküste merkte Floyd noch nichts von meinem Problem. Das sah er dann in den Pyrenäen: Vor dem Aubisque konnte ich nicht wie geplant nachtanken, deshalb verlor ich fünf Minuten auf Tyler Robinson. In den Alpen war Floyd mit seinem gebrochenen Knochen noch immer im Rennen, in Albertville sprach er mich an:

Max, wenn du ein Problem mit der Logistik hast, kann ich dir helfen. *Don't hesitate!*

Wir klatschten uns ab. Das war ein guter Kumpel.

You know, sagte er, ich hab ne eigene Zentrifuge. Mein Manager hat die gekauft, als es Probleme mit der Blutbank in Wien gab. Hat mich 30.000 Dollar gekostet.

Sind die Dinger so billig?

Nicht ganz. Wir sind zu viert. Ein Tennisspieler ist dabei, ein Fußballer und eine vom Triathlon.

Jetzt hatte ich nur noch ein Problem mit Kathrin. Wir waren schon vier Jahre zusammen, hatten aber immer noch guten Sex. Unsere beste Stellung war 69. Wenn ich ihre Lippen leckte, hörte ich sie von hinten stöhnen. Einmal sagte sie hinterher: Chérie, dein Fran-zö-siiisch ist extraordinaire!

Auch wenn sie auf dem Rücken lag, standen ihre Brüste stramm. Sie erinnerten mich an die Germknödel in der Skihütte: prall und rund, aber halt wie aus der Fabrik. Ich hatte mich daran gewöhnt, dass ihr Busen mit dem Plastik nicht mehr so weich war wie früher. Deshalb machte es mir nicht so viel aus, dass ich ihn nur vorsichtig anfassen durfte. Aber jetzt kam sie auf die Idee, dass ich mich rasieren sollte.

Im Prinzip hätte ich da kein Ding draus gemacht. Ich musste eh regelmäßig die Wolle von den Beinen holen, da waren die paar Zentimeter weiter oben kein Problem. Ich verstand auch, dass ein Schamhaar zwischen den Lippen nicht wirklich erotisch ist. Deshalb war ich froh, dass sie bei sich nur einen schmalen Landestreifen stehen ließ. Aber ich wollte ihr nicht sagen, wozu ich mein Gewölle brauchte. Seit alle mit dem Teleobjektiv auf die Radfahrer schauen, ist das die einzige Stelle, wo du noch eine Spritze setzen kannst.

Ich sagte: Schatz, wenn ich mich da rasiere, fragen die Jungs: Bist du schwul, oder was?

Im August kriegten sie in Stuttgart den Rappel. Da gab es eine Bürgermeisterin, die war für den Sport zuständig. Sie setzte eine Ehrenerklärung auf, die sollte jeder unterschreiben: Ich verspreche, ohne unerlaubte Hilfsmittel zu fahren, so was in der Art.

Die träumte von einer Musterstadt: Stuttgart ist sauber, wir machen die Kehrwoche. Fehlten bloß noch Aufkleber, so wie in Freiburg: ATOMWAFFENFREIE ZONE. Bei denen habe ich mich immer gefragt, ob jetzt die Russen zittern, oder der amerikanische Präsident seine Bomber verschrottet, weil er im Vauban keine Raketen mehr lagern darf.

Ich hatte kein Problem damit, diesen Wisch zu unterschreiben. Dafür hatte ich als Lügner schon zu viel Routine. Keiner machte einen Akt aus dieser Unterschrift. Nur Tyler Robinson weigerte sich. Es war das erste Mal, dass mir sein Cowboy-Style imponierte.

Ich besorgte Zimmer in einem schönen Hotel Richtung Schwarzwald. Für Kathrin, Paul und meine Eltern. Meine Mutter kriegte ihren kritischen Blick, mit dem sie das Haar in der Suppe sucht, und sagte: Muss das sein, bei den Schwaben? Aber der Prospekt von dem Hotel mit Meerwasserpool und orientalischem Dampfbad gefiel ihr dann doch. Ich hatte VIP-Karten für die Tribüne an Start und Ziel besorgt. Wie lang muss ich da sitzen?, fragte sie. Meine Mutter hatte mir seit der B-Jugend nicht mehr beim Radfahren zugeschaut. Ich sagte, dass der Ministerpräsident von Baden-Württemberg im gleichen Block sitzen würde, und der Bildungssenator von Hamburg auch, der vielleicht bald Außenminister von Deutschland wird. Da konnte sie ihren Stolz nicht ganz verstecken und sagte: Ha ja, dann komm ich halt zu deinem Weltmeisterdings.

Drei Tage vor dem Rennen setzte der Trainer eine brutale Einheit an. Das Prinzip war einfach: Ich musste alle Kohlenhydratspeicher leer fahren. Dann glaubt der Körper, dass ernsthafte Gefahr droht, und produziert innerhalb von 48 Stunden größere Reserven, als er vorher hatte. Die kann ich dann beim Rennen um die Weltmeisterschaft abrufen.

In der Praxis sah das so aus: Ich frühstückte wenig, hauptsächlich Joghurt. Dann fuhr ich 120 Kilometer, anschließend gab's beim Eisenbeißer ein bisschen Orangensaft. Und dann scheuchte er mich nochmals über 100 Kilometer, bei denen sich das Tempo steigerte. Das letzte Drittel fuhr ich Vollgas. Ich holte wirklich alles aus mir heraus, als ob dies mein letzter Tag auf dem Rad wäre. Am Abend gab es eine Massage und einen Teller Reis, dann ging ich ins Bett.

Die Strecke in Stuttgart war schwierig. Es gab keinen hohen Berg, aber es ging brutal rauf und runter, Stuttgart liegt ja im Kessel. Die heftigste Stelle war der Herdweg. Eine schmale Straße in einem fetten Wohngebiet. Steigung 13 Prozent, das ist steiler als der Galibier. Normalerweise ist das eine Einbahnstraße abwärts. Für uns haben sie die Richtung geändert. Am Tag vor dem Rennen fuhren wir die Strecke ab. Die Farbe war noch frisch, mit der ein Fan auf den Asphalt geschrieben hatte:

MAX, GIB GAS!

Vierzehn Mal müssen wir diesen Stich hoch. In den letzten Runden unbedingt vorn fahren. Wenn sich hier einer verschaltet, blockiert ein Sturz den ganzen Herdweg. Die Zuschauer werden brüllen wie in Alpe d'Huez. Wenn alles gut geht, kann ich am Sonntagabend mit der Mannschaft einen drauf machen. Und am Montag gepflegt feiern. Kein Flug, keine Hektik, nur ein paar Kilometer bis zum Schwarzwald, dann sitze ich im Hotel, auf der Terrasse des Restaurants. Der Trainer ist auch dabei, die Sonne scheint durch die Markise, beim Nachtisch überreiche ich ihm ein Regenbogentrikot, und er tut so, als ob ihm was ins Auge geflogen wäre.

Aber dann ging alles ganz schnell. Die Funktionäre waren zu feige, es mir selbst zu sagen. Am Samstag schickten sie Willy ins Mannschaftshotel. Der sagte: Max, die lassen dich nicht fahren. Dann heulte er.

Damit hatte ich nicht gerechnet: Die haben eine alte Probe von mir nachgetestet. Das Blut lag in irgendeinem Labor und hatte die gleichen Werte wie die Beutel, die sie beim Doc gefunden hatten, die mit dem Decknamen *Ventoux*. Die Blutgruppe und der Rhesusfaktor stimmten überein, aber das war noch kein Beweis. Erst die Weichmacher haben mir das Genick gebrochen. Das sind irgendwelche chemischen Stoffe, die zu dem Plastikbeutel gehörten. Die sind aber nicht in dem Kunststoff geblieben, sondern haben sich gelöst. Das Zeug war in meinem Blut.

Talheim

Keine Ahnung, wie ich aus dem Kessel rausgekommen bin. Ich nahm den Aufzug in die Tiefgarage, setzte mich ins Auto und fuhr los. Nicht mal mein Rad nahm ich mit. Einfach weg, egal wohin. Es ging in einen Tunnel. Die Stadt war eng, nur die Straßen waren breit. Zu breit für Radfahrer. Von rechts kam etwas Gelbes. Wie eine Schiebetür, die den Weg versperrt. Das war die Straßenbahn. Ich bin kreuz und quer durch diesen Häuserbrei gegurkt, an einer Mauer sah ich wilde Tiere. Vielleicht machten die Werbung für den Zoo, oder ich sah nicht mehr ganz klar. Eine Ampel war rot, hinter der Kreuzung lag eine Baustelle mit einer Plane, auf der stand: *Enjoy the building!*

Irgendwann kam mir die Idee: zu Kathrin ins Hotel.

Überall war Stau. Und Industriegebiet. Eine Batterie Hochhäuser aus den Siebzigerjahren, vor denen hing ein Werbeplakat, auf dem ein Sieger die Arme in die Höhe reißt. Das war ich.

Du musst dich tarnen. Auf dem Parkplatz vor dem Hotel schaute ich mich im Auto um. Auf dem Rücksitz lag eine Baseballkappe des Sponsors, die war keine Hilfe. In der Beifahrertür steckte eine Sonnenbrille, die setzte ich auf. Viel war das nicht. Ich friemelte den silbernen Ring aus dem Ohr und legte mein Markenzeichen ins Handschuhfach. Dann ging ich zur Rezeption und fragte nach der Zimmernummer von Kathrin.

Herzlich willkommen, Herr Witt, sagte die Frau hinter dem Tresen und ließ ihre Zähne strahlen, hatten Sie eine gute Anreise?

Zum ersten Mal fand ich es gut, dass diese Frage keine Frage ist, auf die man groß antworten muss.

Ich drücke Ihnen die Daumen für morgen, sagte sie, und das klang herzlich. Sie wusste es also noch nicht.

Als Kathrin die Zimmertür aufmachte, sah ich schon wieder mich. Im Fernsehen liefen gerade die Nachrichten.

Sie guckte mich verdattert an. Dann sagte sie: Oh, du warst gerade die Top-Meldung.

Im Anschluss an diese Sendung sehen Sie einen Brennpunkt zum Fall Witt, sagte der Sprecher. Dann erschienen vermummte Gestalten, die Steine gegen Panzer warfen, gleich darauf redete ein Mann mit einem zitternden Kinn in ein Büschel Mikrofone. Hinter seinem schwarz-weißen Kopftuch glänzte eine goldene Kuppel.

Kathrin schüttelte den Kopf. Jetzt hast du Arafat geschlagen, sagte sie und nahm mich in die Arme. Auf dem Bett lag ein ganzer Schwarzwald von Kissen, da vergrub ich mich. Sie legte ihre Hand auf meinen Rücken, da spürte ich zum ersten Mal wieder etwas. Ihre Haut fühlte sich warm an, ihre Haare streichelten meinen Nacken. Sie war still und stellte keine Fragen. So was sollten die Leute mal erleben, die Liebesfilme machen, dann würden sie uns im Kino nicht mit blöden Dialogen nerven.

Zwischen den Kissen war es wunderbar dunkel. Dann hörte ich Jo Becker. Das musste der *Brennpunkt* sein, der Senator hatte seine staatstragende Stimme drauf. Arglistige Täuschung, sagte er streng, Betrug an Millionen Fans, die Max Witt die Treue gehalten haben. Becker stand vor der VIP-Tribüne in Stuttgart und forderte harte Kante gegen Doper. Null Toleranz, zwei Jahre Sperre sind zu wenig, wir müssen ein lebenslängliches Startverbot ernsthaft in Erwägung ziehen.

War das Comedy? Machte da einer einen Politiker nach? Vor zwei Tagen hat sich Jo Becker bei der Autogrammstunde mit mir filmen lassen und tat wie ein dicker Sportsfreund. Nannte mich ein Vorbild, mein Tempo sei genau richtig,

Globalisierung und so. Aber das im Fernsehen, das war der *Brennpunkt* des oberamtlichen Senders. Das musste der Original-Becker sein. Der sonst mit seinen wilden Jahren angibt, der jedem Hamburger Kiffer sein Gras gönnt – der mantelte sich auf wie einer von der CSU, null Toleranz. Respekt, so schnell muss man eine 180-Grad-Kurve erst mal kriegen.

Zum Schluss gab der Moderator eine Programmänderung bekannt: Wegen der hohen Verdachtsmomente werden wir ab sofort nicht mehr live von den Radweltmeisterschaften berichten. Wie der Programmdirektor soeben bekannt gab, stellen wir unsere Übertragungen ein, bis der Fall Witt abschließend geklärt ist. Und jetzt geht es weiter mit der Sportschau. Wir bitten die Fußballfreunde um Verständnis für die Verzögerung. Gleich sehen Sie das Spitzenspiel, Bayern München gegen Borussia Dortmund.

Kathrin schaute mir so in die Augen, dass ich nicht ausweichen konnte, und fragte:

Stimmt das?

Ja, Scheiße. Ich erzähls dir auch. Aber nicht jetzt, bitte.

Da reagierte sie unglaublich cool. Okay, sagte sie, dann weiß ich genug für heute. Und das ganze Hotel weiß, dass der Mann, der nachher zum Abendessen kommt, morgen kein Rennen fährt. Da müssen wir was tun.

Sie telefonierte mit der Rezeption und bestellte einen Tisch im Nebenzimmer. Vier Personen, bitte, und einen Kinderstuhl. Als es klopfte, ging sie zur Tür. Ich sah meine Mutter im Bademantel, sie kam mit Paul aus dem Wellness. Kathrin passte sie ab und ging mit ihnen ins Zimmer meiner Eltern. Nach einer Viertelstunde kam sie wieder. Paul flitzte an ihr vorbei und sprang zu mir aufs Bett. Er strahlte unter seiner weißen Kapuze, aber er hat sofort gemerkt, dass mit mir etwas nicht stimmte. Er fragte:

Papa krank?

Geht so, sagte ich und knuddelte ihn halbherzig. Dann rannte er zu seinem Laufrad, das in der Ecke des großen Zimmers stand, und zeigte mir stolz wie Bolle das kleine Trikot, das über dem Lenker hing. Das hatte Kathrin ihm wohl für morgen gekauft, es war weiß und hatte einen Brustring in Schwarzrotgold. Ich musste mich maximal zusammenreißen, sonst hätte ich losgeheult. An der Wand hing eine lila Kuckucksuhr vom Designer. Auf dem Fenstersims standen Klötze aus hellem Holz. Das waren Buchstaben, einzeln ausgesägt, locker nebeneinandergestellt:

ENTSCHLEUNIGUNG

Ich warf ein Kissen und traf. Die Bombe war aus grauem Lodenstoff und räumte drei Buchstaben ab. Paul fand das klasse und erledigte den Rest.

Neben dem Bett sah ich eine Sporttasche stehen. Das war meine. Ich konnte mich nicht erinnern, dass ich die im Mannschaftshotel gepackt hatte, aber anscheinend hab ich das getan. Das Handy steckte in der Außentasche. War wohl auch ich, der das ausgeschaltet hat. Ich fand eine helle Freizeithose und ein fast unzerknittertes Hemd. Die Turnschuhe waren nicht ganz das Richtige für dieses Hotel, aber man konnte sie als Lifestyle durchgehen lassen. Bevor wir zum Aufzug gingen, sagte Kathrin:

Deine Eltern wissen in groben Zügen Bescheid.

Die Hotelgäste auch. Sie saßen in einem großen Speisesaal, der durch Säulen abgeteilt war. Die spielten Natur, waren mit Weidenruten verkleidet. Zwischen Birkenstämmen schwebten halbdurchsichtige Vorhänge. Die Kellner kamen direkt aus der Luis-Trenker-Boutique. Um den Oberarm hatten die Jungs Gletscherbrillen geschnallt, als ob sie nach dem Servieren aufs Matterhorn wollten. Ich kannte dieses Hotel von der Einladung eines Sponsors. Das Essen hatte ich in bester Erinnerung. Aber damals war mir nicht aufgefallen, dass die Leute und der Lifestyle so übertrieben waren. Das hatte was von einer Sekte, die sich dem Fitnesskult verschrieben hat: alles schön und bio.

Ein Kellner führte uns zum Separee. Von allen Seiten kamen Blicke. Ich kannte diese Momente, die liefen ab wie ein Sturz, nur umgekehrt: Einen Sturz hörst du, bevor du ihn spürst. Vor dir quietschen Bremsen, es scheppert, und dann liegst du auf der Schnauze. Wenn ich ohne Rad unterwegs bin und die Leute mich erkennen, spüre ich erst die Blicke. Die Menschen werden still, und dann höre ich was. Zuerst leises Getuschel: Ist das nicht …? Dann fangen die Fans an zu kreischen, und ich hole den Filzstift für die Autogramme.

Aber die Gäste zwischen den Pseudobirken reagierten anders. Alle guckten, keiner sagte was. Eine Frau verzog die Nase, als ob sie in einen Hundehaufen getreten wäre. Unter einem Hirschgeweih aus mattem Stahl stand ein Mann auf, der aussah, als käme er direkt von der Hautstraffung. Er wollte zum Käsebuffet, aber er wich einen halben Schritt zurück, als ob ich ansteckend wäre.

Als wir an unserem Tisch in Sicherheit waren, sagte meine Mutter:

Max, Essen und Trinken hält Leib und Seele zusammen. Dann erzählte sie wieder eine Geschichte von Tante Bertha, die das ganze Leben gemeistert hat, inklusive Krieg.

Mein Vater sagte: Dann lass ihn halt essen. Auf der Speisekarte gab es ein Vitalmenü, da standen die Kalorien dabei. Auf der nächsten Seite kamen die Empfehlungen aus der Region, die waren sehr genau. Man konnte lesen, welcher Bauer den Ochsen für den Zwiebelrostbraten aufgezogen hatte. Hier kamen keine Schweine auf den Teller, die mit Antibiotika behandelt waren. Das Lendchen mit Pfifferlingen stammte vom Schwäbisch-Hällischen Landschwein persönlich. Ich war kurz vor dem Verhungern, seit dem Frühstück hatte ich nichts mehr gegessen. Außerdem spürte ich noch das Training von vorgestern, das alle Reserven im Körper verbrannt hatte. Zügig bestellte ich ein Hefeweizen und ging zum Salatbuffet. Eine Frau mit faltenfrei betoniertem Gesicht fiel mir auf. Als ich auf dem Rückweg wieder an ihrem Tisch vorbeikam, zischte sie zu ihrer Nachbarin:

Rote Bete ist gut fürs Blut!

Paul hat uns über die Vorspeisen gerettet. Der trank seinen Apfelsaft und nagte mit Begeisterung an einer Brezel. Der Lammrücken mit Kartoffelgratin gab mir wieder Boden unter die Füße. Bei jedem Teller, den die Kellner brachten, sagten sie: Guten Genuss! Meine Mutter lästerte über die Wellnessangebote des Hotels: Bodytuning mit Meereskollagen, Ginkgo biloba gegen oxidativen Stress.

Willkommen im Club der Selbstoptimierer, sagte Kathrin.

Guckt euch das Personal an, spottete mein Vater: Wer 30 wird, oder wer Pickel kriegt, wird vom Personalchef erschossen.

Das Felsenbecken mit dem Wasserfall hatte allen gefallen, über die Nebelgrotte waren sie sich uneins. Das Gesicht meiner Mutter war fast so rosig wie die Haut von Paul. Der Eisbrunnen wirkt Wunder, stichelte mein Vater.

Aber dann kam Kathrin von der Toilette zurück. Sie war rot vor Wut:

Da haben sich zwei alte Schabracken das Maul zerrissen. Die haben pfälzisch geredet, wollten aber vornehm tun, als könnten sie Hochdeutsch. Das arme Kind, hat die eine gesagt, was das von seim Vadder für Gene mitgekriegt hat!

Beim Nachtisch wuchs meine Mutter über sich hinaus. Wir gingen gemeinsam zum Buffet. Paul kriegte sein Eis, ich nahm mir Crème brulée, Panna cotta und Mousse au chocolat. Als ich bei den Trüffeln war, machte mich ein Gast von hinten an:

Doper sind widerlich!

Meine Mutter ist nicht auf Krawall gebürstet. Schon gar nicht im Fünfsternehotel, da kuscht sie vor den Wichtigtuern. Aber jetzt beschützte sie mich. So laut, dass man es bis zum Stahlhirsch hörte:

Gehen Sie mal zur Entgiftung!

Virgin Islands

Das Frühstück im Wellnesshotel von Talheim ist der Hammer. Für das Buffet brauchst du eine Landkarte. Und eine gute Taktik. Wenn du dir gleich am Anfang ein Paar Weißwürste nimmst, sind die kalt, bis du dich bei den Brötchen und Brezeln entschieden hast, was du willst. Hinter dem Obst und den fünferlei Müslis kommt noch der Schinkentisch. Da steht ein Lehrling schüchtern in seiner Kochjacke und schneidet dir hauchdünne Scheiben ab: Serano oder Parma, Pata Negra oder Schwarzwald. Wenn du an dem Tag noch was vorhast, kannst du auch Lardo nehmen oder Leberpastete. Das ist schön am Radfahren: Wir verbrennen so viel, dass wir nicht auf den Geschmack verzichten müssen, der im Fett steckt.

Aber am ersten Tag meiner Sperre wollte ich kein Rad sehen. Und am Buffet war mir das Risiko zu hoch, dass beim Aufschnitt wieder ein Spruch von der Seite kommt, von wegen Clenbuterol im Kalbfleisch, so was in der Art. Ich ließ mir das Frühstück aufs Zimmer bringen. Dann reisten wir ab. In Bottighofen nahm ich vorsichtshalber einen Schleichweg durch die Weinberge. Das Garagentor öffnete ich mit der Fernbedienung, dann war ich in meiner Burg. Als Kathrin die Koffer auspackte, machte ich mein Handy an. Das war, wie wenn am Vorderrad ein Reifen platzt: 45 Nachrichten in der Mailbox, 29 SMS. Alle Journalisten, denen ich mal meine Nummer gegeben habe. Und noch ein paar Unbekannte. Basti hatte es dreimal versucht, Felge fünfmal. Ihn rief ich zurück. Er war noch im Kessel.

Gerade hat Handy-Müller eine Pressekonferenz gegeben, dieses verlogene Arschloch. Stellt sich hin wie der Generaldirektor und zelebriert deinen Rauswurf. *Fristlose Kündigung*, diesen Ausdruck hat er richtig genossen, maximale Verachtung in die Mundwinkel gelegt. Außerdem fordert er Gehalt und Prämien von dir zurück, faselt was von zwei Millionen.

Wie hat die Presse reagiert?

Die sind begeistert von Müllers Auftritt, weil der ihnen die schöne Geschichte von einem Duell geliefert hat: Der betrogene Sponsor, der ehrlichen Sport will, kämpft mit vollem Einsatz gegen den fiesen Doper.

Was ist mit Thomas vom *Magazin*?

Der hat schon kapiert, was das für ein Ablenkungsmanöver ist: dass der Unternehmer, der das Fotohandy verschlafen hat, seine Klitsche retten will. Aber Thomas sagt, dass er diese Wirtschaftsgeschichte frühestens in acht Wochen seinem Chefredakteur anbieten kann, wenn *Speedcom* vollends abkackt. Der Journalismus braucht Helden, und er braucht Arschlöcher.

Aber ich war doch immer der Held …

Ja, bis gestern. Das macht's richtig prickelnd: Du hast die nötige Fallhöhe. Weißt du, was Marc vom fetten *Blatt* gesagt hat? Wer mit uns im Fahrstuhl nach oben gefahren ist, den bringen wir auch wieder runter.

Am Nachmittag zog Tyler Robinson in Stuttgart das Regenbogentrikot des Weltmeisters an. Hatte der bessere Plastikbeutel, aus denen keine Chemie ins Blut geht? Er fühlte sich so sicher, dass er auf dem Podium eine Handbewegung machte, wie wenn einer im Western die Pistole zieht. Mit dem Zeigefinger zielte er auf die Bürgermeisterin und feuerte seine Kugel ab. Aus dicken Backen blies er den Rauch vom Colt. *Don't mess up with Texas!*

Als ich am nächsten Morgen den Rollladen hochzog, parkten zwei Ü-Wagen im Gutedelweg. Ein Gestell mit Scheinwerfern stand auf dem Gehweg, neben dem Kaugummiautomaten am Briefkasten hatte ein Fotograf eine Bockleiter aufgebaut. Der wartete mit einem unfassbar langen Objektiv. Kathrin rief in der Kinderkrippe an und meldete Paul ab. Da flippte die Erzieherin aus:

Was glaubst du, was hier los ist! Da stehen Reporter vorm Eingang und machen die Mütter verrückt. Ein ganzes Rudel, mit Kameras und allem Pipapo. Einer wollte wissen, ob der Paul schon andere Kinder angesteckt hat.

Wir mussten nicht mehr groß reden. Am zweiten Tag meines neuen Lebens als Arschloch beherzigte ich den Rat meines Managers. Fahr ans Ende der Welt, hatte Felge gesagt. Im Internet suchte ich mit Kathrin einen Ort, an dem wir abtauchen konnten. Auf den British Virgin Islands fanden wir ein schönes Hotel. Es gab auch Flüge in die Karibik, sicherheitshalber buchten wir ab Zürich. Schwierig war nur die Fahrt zum Flughafen. Ich rief Basti an.

Mensch Max, wo steckst du?

In meiner Burg. Bin belagert. Sorry, dass ich mich jetzt erst melde.

Kein Ding. Wie geht's dir?

Gleich besser, wenn ich hier raus bin. Hilfst du mir? Ich muss nach Zürich.

Basti kapierte gleich, dass ich dort nicht ins Museum wollte. Er sagte:

Klar, Chef. Aber sag mir nicht, wohin du fliegst. Mein Vater wird fragen. Und ich will ihn nicht mehr anlügen.

Unser Schlachtplan ging folgendermaßen: Er parkte seinen Minivan fett vor unserem Haus. Gemeinsam mit Kathrin lud er Koffer und Taschen ein, den Kindersitz und das Laufrad von Paul. Während die beiden Auszug spielten, machte ich mich durch den Garten vom Acker. Quetschte mich durch die Hecke, mit einer billigen Hiphop-Kappe und einem Kapuzenpulli. Mit schwarzer Sonnenbrille und Händen in den Taschen schlurfte ich durch das Ghetto Bottighofen. Am Hasenstall vorbei, über den leeren Bolzplatz, hinter der Werkstatt vom Autohaus *Fitterer* zur Bedarfshaltestelle. Dort wartete die alte Frau Notz, aber die war kein Problem. Sie starrte fassungslos auf meine Sneakers mit den offenen Schuhbändeln.

In der Business Class schlief Paul bald ein. Kathrin trank Bellini und schaute einen Film, *American Beauty*. Ich blätterte die Zeitungen durch. Die arbeiten anscheinend alle nach dem gleichen System. Da gibt es zwei Schubladen: eine mit den guten und eine mit den schlechten Fotos. Seit Sonntag druckten sie von mir nur noch die üblen Bilder. Max Witt mit Mundwinkeln wie ein Walrossbart. Max Witt mit eingezogenem Genick, beim Pinkeln am Straßenrand. Max Witt mit blutunterlaufenen Augen. Max Witt mit verschwitztem Haar, das absteht wie die Hörner des Teufels. Man muss keine Artikel lesen, diese Bilder versteht jeder: So sieht ein Doper aus. Das Böse ist hässlich.

Ich tippte Kathrin an. Verstehst du das? Ich bin mit Beifall aufgewachsen, und jetzt werd ich durch die Scheiße gezogen.

Aber ja, sagte sie und zeigte auf ihren Bildschirm. Jedes arme Würstchen braucht einen, auf den es heruntergucken kann. In meinem Film wird der Schwule erschossen. Obwohl er gar nicht schwul war.

Am dritten Tag in meinem neuen Leben als Dämon bezogen wir einen Bungalow unter Palmen. Paul spielte mit einer Kokosnuss, ich ging barfuß über Mahagonidielen. Es waren nur 20 Meter bis zum Strand, aber vorher kam noch unser Pool. Das Wasser lief über den Rand. Es sah aus, als könnte man direkt ins Meer schwimmen.

Die Gäste dieses Hotels interessierten sich für Golf und den *Admiral's Cup*. Ein verschwitzter Arbeitersport wie Radfahren holte hier keinen aus dem Liegestuhl. Die Urlauber musterten mich mit verwunderten Blicken, aber die galten dem Streifenhörnchen. Mit meinem Gesicht konnte niemand etwas anfangen. Ein paar verklemmte Amerikaner schielten nach Kathrins Plastikbusen, der ihren feuerroten Bikini gut ausfüllte.

Neben dem kleinen Yachthafen gab es einen Wasserspielplatz. Als wir das erste Mal die steilen Treppen zum *Supersplash* hinaufstiegen, hatte Paul Schiss. Oben nahm ich ihn zwischen die Beine, dann rutschten wir die gelbe Rinne hinunter. Sie war als Spirale angelegt, mit jeder Windung wurden wir schneller. Am Ende landeten wir mit einer Arschbombe im warmen Wasser der Karibik. Paul klatschte in die Hände und rief: noch mal!

Die Spirale bestimmte unsere Tage. Morgens drehte ich ein paar Runden mit Paul in der gelben Rinne. Am frühen Abend machte ich das Handy an und telefonierte mit Felge. Bei ihm war dann schon Nacht, und er berichtete, wie viele Windungen ich weiter runtergerauscht war.

Am Mittwoch beichtete Maik im Fernsehen. Seine Stimme zitterte, er hatte Tränen in den Augen. Mit denen verschleierte unser Sprinter seine Taktik: nur das zugeben, was eh schon alle wissen.

Seit einem Jahr habe ich mich mit Eigenblut behandeln lassen. Das war ein großer Fehler, für den ich mich bei allen Fans entschuldigen will. Vorher bin ich nie mit leistungssteigernden Mitteln in Berührung gekommen. Ich verstehe selbst nicht, wie ich in diesen Sumpf geraten bin.

Maik machte das so geschickt wie im Kampf auf der Zielgeraden. Er nannte meinen Namen nicht, aber er sprach vielsagend vom Kapitän, und alle wussten: Max Witt war schuld.

Am Donnerstag bereitete Felge mich schonend auf die Pressekonferenz von *Victory* vor. Die schaute ich mir am Freitag im Internet an: Maximale Empörung, Zusammenarbeit mit sofortiger Wirkung beendet, alle Kampagnen mit Max Witt gestoppt. Entspricht nicht unserer Ethik-Carta, sauberer Sport, unsere Anwälte prüfen Regressansprüche.

Auf dem Weg zum Strand joggte ein verbissener Mittfünfziger an mir vorbei. Er hatte einen Gürtel mit Trinkflaschen umgeschnallt und trug das T-Shirt mit der Moral von *Victory*:

Der Zweite ist der erste Verlierer

An der Bar bestellte ich mir einen Rum, und dann noch einen. Der hieß *Painkiller* und hat schon die Matrosen der englischen Marine über Wasser gehalten. Es gab lustige *Painkiller*-Souvenirs: eine Blechtasse mit einem Bildchen auf dem Boden. Da wird ein Meuterer am Mast des Segelschiffs gehängt, der schwenkt fröhlich seine letzte Buddel Rum und erklärt: *Good to the last drop.*

Der Sonnenuntergang war blassblau. Meine Stachelbeerbeine juckten. Ich rasierte sie nicht mehr, Sand und Salz kribbelten an den Härchen.

An meinem zehnten Tag als Monster drehte auch das *Schwarzwälder Tagblatt* an der Spirale. Es schaffte keine ganze Windung, aber immerhin. Die Lokalzeitung hatte das alte Foto vom Blitzer in Hemmendorf ausgegraben. Aber jetzt war das nicht mehr das Bild von einem Nachwuchssportler, der mit seinem Fahrrad 60 Stundenkilometer schafft. Jetzt lautete die Moral von der Geschicht: Max Witt hat sich noch nie an Regeln gehalten. Der glaubt wohl, er steht über dem Gesetz.

Nach zwei Wochen machten wir einen Segeltörn. Ich hab nie verstanden, was an einer Yacht so toll sein soll. Aber auf diesem Boot herrschte eine andere Zeit. Der Wind bestimmte die Geschwindigkeit, der Rhythmus der Wellen übertrug sich auf mich. Hektik war sinnlos, alles Zappeln nutzte nix im großen Meer, rudern wäre lächerlich gewesen. Ich ließ mich treiben.

Am nächsten Abend setzte ich mich mit Kathrin vor unseren Bungalow. Paul schlief, und ich packte aus. Ich erzählte ihr von Infusionen und Amphetaminen, von EPO und Testosteron. Noch nicht einmal die peinliche Viagra-Nummer ließ ich aus. Ich erklärte ihr, warum ich immer einen Spray im Gepäck hatte, den man normalerweise Kindern gibt, die ins Bett machen. Das Mittel speichert Wasser im Körper. Ich brauchte es, um mein Blut zu verdünnen, falls ein Kontrolleur auftauchte.

Über meine vielen Flüge nach M hatte sie sich schon länger gewundert. Jetzt erklärte ich ihr die komplizierte Logistik mit den Blutbeuteln. Und die Flecken im Futter meiner Lederjacke: Einmal lag ich zu lang beim Doc auf der Pritsche. Der Beutel wollte nicht voll werden. Ich hatte keine Zeit mehr, einen Wattebausch auf die Einstichstelle zu drücken. Im Taxi merkte ich, wie es warm aus dem Ärmel tropfte. Am Flughafen warf ich auf dem Klo mein Hemd weg, es sah aus wie von einem Mörder.

Kathrin wurde richtig blass.

Mensch Max, stell dir vor, dem Kurier fällt unterwegs die

Kühlung aus – und du lässt dir in Südfrankreich vergammeltes Blut in die Adern laufen.

Ich hab unfassbares Glück gehabt. Das Einzige, was bei mir richtig schiefgegangen ist, waren die Wachstumshormone. Weißt du noch, als sich meine Oberschenkel wie Bleiplatten anfühlten? Das Zeug hab ich nach zehn Tagen wieder abgesetzt.

Kathrin hat sich das wohl plastisch vorgestellt. Es schüttelte sie, das spürte ich an ihrer Hand, die auf meinem Arm lag. Wir schwiegen in die Nacht, irgendwann fragte sie:

Was bringt's, wenn alle was nehmen?

Das ist ja der Wahnsinn: Es ist wie das Wettrüsten im Kalten Krieg, das keinen weiterbringt. Wenn heute jeder, wirklich jeder im Feld alle Mittel absetzen würde, wäre die Rangliste nicht viel anders. Tyler und ich würden um den Sieg fahren, und Basti wäre immer noch Wasserträger. Wenn er sich nicht mit diesem Dreck ruiniert hätte, wären seine Verletzungen wahrscheinlich längst geheilt.

Nach vier Wochen war mein Oberkörper so braun wie meine Beine, und die waren so haarig wie bei einem Fußballer. Bevor ein Boot uns zum Flughafen brachte, rutschte ich mit Paul noch dreimal die Spirale runter. Ich war gespannt, wie hart der Aufschlag zu Hause würde.

Fritz-Degler-Straße

Das Taxi vom Flughafen fuhr durch den prallen Herbst. Die Weinberge leuchteten bunt, an den Bäumen hingen rote Äpfel. Nur der Kreisverkehr in Bottighofen war kahl. Das weiße Schild fehlte. Gab es keine Baßgeige mehr? War hier nicht mehr die Heimat von Max Witt? Diese Tafel hatte mir nie was bedeutet. Ich fand es eher peinlich, wie mein Dorf mit mir angab. Aber jetzt kratzte es mich, dass sie weg war. Der Text hieß ja nicht: Bottighofen grüßt den Sieger der *Tour de France*. Siege haben ein Verfallsdatum, irgendwann landen solche Tafeln im Holzschuppen, das ist klar. Aber auf das Schild im Kreisverkehr hatten sie ja geschrieben, dass ich von hier sei. Gehörte ich nicht mehr dazu?

Meinem Vater brachte ich eine Flasche *Painkiller* mit. Als die Belagerer abgezogen waren, hatte er im Gutedelweg den Rasen gemäht. Den Rum machte er gleich auf; beim ersten Glas erzählte er mir von der Gemeinderatssitzung. Eigentlich sollte über die neue Kläranlage abgestimmt werden, aber dazu kam es nicht. Weil die CDU einen Antrag stellte: Der Max-Witt-Platz soll umbenannt werden. Es sei eine Schande für Bottighofen, an einen Betrüger zu erinnern.

Mein Vater war seit mindestens hundert Jahren bei der Freien Wählervereinigung. Ausreißversuche waren nicht sein Ding. Ihm fehlte der Antrieb, um einen einsamen Vorstoß zu wagen. Hohes Tempo war ihm nicht geheuer. Er organisierte lieber die Nachführarbeit im Feld. Traf Absprachen, bildete Koalitionen nach Tagesform. Und er war ein Fuchs.

Wir hatten natürlich Wind von der Sache bekommen, sagte er und lächelte zufrieden. Ich hab mich bedeckt gehalten, weil sonst alle gleich gedacht hätten, ja, ja, der Alte vom Jungen. Deshalb hat der Ruckaberle für unsere Fraktion einen Zusatzantrag gestellt:

Wenn wir schon beim Aufräumen sind, suchen wir auch einen neuen Namen für die Fritz-Degler-Straße.

Degler war ein Maurer aus Bottighofen. In den fetten Jahren machte er einen auf Bauunternehmer, und seine Projekte wurden immer größer. Als er in der Hauptstadt ein *Entertainment-Center* hochzog, war ganz Bottighofen stolz: Einer von uns hat amerikanisches Format. Musical-Theater mit Tiefgarage, Spielcasino, Hotel – alles sollte rein in diesen Klotz, der den Steuerzahler keine müde Mark kosten würde. Das war natürlich gelogen. Das Erlebnis-Gedöns wurde doppelt so teuer, der Staat musste einspringen. Bei der Musical-Premiere sprach niemand von den Handwerkern, die auf ihren Rechnungen sitzen blieben.

Mein Lieber, da sind die Fetzen geflogen! Der Bürgermeister ging hoch wie das HB-Männchen.

Mein Vater grinste wie ein Comedian, als er ihn nachmachte: Was hat der Fritz damit zu tun? Wenn dein Max die *Tour de France* gefahren ist, saß ich vor dem Fernseher und hab ihm die Daumen gedrückt. Und jetzt trauen sich wegen ihm die Mütter nicht mehr in den Kindergarten. Es ist eine von euren freien Unverschämtheiten, einen Betrüger mit einem verdienten Unternehmer zu vergleichen.

Jetzt schlüpfte mein Vater in die Rolle seines Fraktionskollegen Fitterer. Der sprach immer so ein ganz ruhiges Badisch: Ha jo, das kann ich dir erklären. Weißt du noch, wie der Teppich-Kurt pleitegegangen ist, weil er für die Böden kein Geld gekriegt hat, die er in diesem ganzen Entertainment-Murks verlegt hat? Und der Flaschner Klein ist auch nicht mehr auf die Füße gekommen. Der Degler, der hat die Handwerker richtig betrogen. Aber der Max – der hat in erster Linie sich selbst geschadet.

Wie haben die Grünen reagiert?, fragte ich.

Die waren in einer erstklassigen Zwickmühle. Haben fürchterlich geschimpft, über den Kommerzsport und seine Auswüchse. Verlogene Helden der Unterhaltungsindustrie, keine Vorbilder für die Jugend, man soll lieber den Schulsport fördern. Die wollten eigentlich ins Horn von der CDU stoßen. Aber dann hab ich den Alfred Brenner in die Debatte geworfen.

Welchen Brenner?

Ha, weißt du, den Alfred von der Bürgerinitiative. Der Held von Wyhl, der an vorderster Front gegen das Atomkraftwerk gekämpft hat. Den haben die Grünen als Ersten in Bottighofen verewigt. Die CDU hat hinhaltenden Widerstand geleistet, deshalb hat der Brenner-Alfred keine richtige Straße gekriegt, sondern nur die Gasse hinterm Backhaus.

Ja und?

Ich hab die Umweltverbesserer daran erinnert, was der Brenner für ein scharfer Hund beim *Jungvolk* war. Das war Hitlers bester Mann in Bottighofen, der ließ die Pimpfe strammstehen und den Arm hochreißen. Wenn ein Vater seinen Buben nicht zum Fähnlein schickte, hat der richtig Scherereien gekriegt. Und den machen die Grünen zum Helden des Widerstands! Von Braun nach Grün, das nenn ich eine gute Tarnung. Fürs Schulbuch ist das nix.

Habt ihr den ganzen Abend über Straßenschilder diskutiert?

Es hat sich gelohnt. Alle haben gesehen, dass es schwierig wird mit den Vorbildern, wenn man genau hinguckt. Am

Ende gibt's in Bottighofen nur noch den Veilchenweg, und der geht über in die Amselgasse. Weißt du, diese Empörung, die mich so aufgeregt hat, die hat sich gelegt. Du warst nicht mehr allein am Pranger.

Mein Vater schwenkte den Rum, hielt die Nase ins Glas und trank einen Schluck. Er lächelte zufrieden.

Am Schluss gab's einen Kompromiss: Die Tafel am Kreisverkehr kommt weg. Aber der Max-Witt-Platz bleibt.

Studio Ironman

Als ich Basti besuchte, kamen die Geräte. Ein Sattelschlepper stand schräg auf dem Parkplatz, beim Rangieren hatte er einen Rosenstrauch in der frisch angelegten Rabatte plattgemacht. Basti kontrollierte die großen Kartons und dirigierte die Jungs von der Spedition.

Endlich, die duale Bauchmaschine. Ins Studio, rechts neben die Brustpresse.

Aus dem Lastwagen kamen noch ein Dutzend Standfahrräder und zwei Geräte zum Rudern ohne Boot. Bei einem klemmte der Rollsitz. Basti war jetzt Fitnessfachwirt und hatte eine alte Lagerhalle gekauft. Sie lag außerhalb des Dorfs, an der Straße nach Frankreich. Ein Türke im Blaumann stand auf einer Leiter und schraubte ein Schild über den Eingang.

IRONMAN FITNESS

Wieso Ironman?, fragte ich.

Na ja, Eisenbeiß klingt blöd, sagte er.

Ich fragte mich, ob dieser Kampfname der Bringer ist für die Mädels von der Abteilung Bauch-Beine-Po. Aber ich wollte Basti nicht schon vor dem Start entmutigen. Er war richtig aufgekratzt. Sein Knie war noch nicht in Ordnung, er humpelte stramm zu dem Sandhaufen neben dem Parkplatz.

Das gibt den Beach-Volleyball-Court. Drinnen habe ich Badminton und Indoor-Soccer. Am Freitag kommt die Sauna.

Als der Laster mit der kaputten Rudermaschine vom Hof fuhr, drückte er mit der Hinterachse den Sandsteinbrocken, der die Einfahrt begrenzen sollte, tief in die weiche Erde.

Grobmotoriker, schrie Basti ihm nach. Dann setzten wir uns an die Bar.

Nächste Woche geht's los. Morgen kommt eine ganze Seite im Anzeigenblatt – mit Gutschein fürs Schnuppertraining und einen Fitness-Cocktail.

Wirbst du auch im Elsass?

Logisch. Im Businessplan habe ich 50 Prozent Franzosen kalkuliert, das hat die Volksbank überzeugt. Sind ja nur drei Kilometer bis zur Grenze. Bei den Frenchies kommt die Anzeige am Samstag: *Fit wie bei der Tour de France.*

Der Elektriker brachte seinen Lehrling mit. Sie wollten den Fernseher über dem Tresen montieren. Ich fragte Basti, ob ich ihm was helfen könne.

Ja, wenn du die Spinning Bikes checkst, tust du mir einen großen Gefallen.

So wurde ich Probefahrer für Standräder. Mit dem Gerät links neben dem Eingang fing ich an. Der Lenker wackelte, ich besorgte einen Schraubenschlüssel. Beim Treten hatte ich durch die großen Fenster einen schönen Blick nach draußen. Da stand ein alter Baum, ein Ahorn oder so was, mit gelben Blättern. Der Himmel hatte ein Blau, das unglaublich gut zu diesem Laub passte. Die Sonne schien schräg, es ging kein Wind, eigentlich ein perfekter Tag, um draußen Rad zu fahren. Ich trat in der Halle auf der Stelle, wo es nach frischer Farbe roch. Zwischen Lenker und Sattelstütze war ein Stück Stoff gespannt, wie ein Stringtanga in XXL. Damit der Schweiß nicht aufs Oberrohr tropft. Könnte den Lack angreifen.

Als ich das dritte Rad bestrampelte, kam mein Manager. Betont sportlich klatschten wir uns ab. Ich trat weiter, Felge musterte mich.

Die Jungferninsel hat dir gut getan. Bist so proper wie nach Weihnachten.

Das war der *Painkiller*.

Sag ich doch: besser als Sangria.

Red nicht, mach dich nützlich. Hier, die nächste Mühle Probe fahren.

Felge setzte sich auf das Rad rechts neben mir. Ich erzählte ihm von dem Segeltörn in der Karibik, er berichtete von den Medienanfragen.

Alle wollen deine Beichte.

Reicht die verlogene Nummer von Maik noch nicht?

Die können gar nicht genug Radfahrer kriegen, die zu Kreuze kriechen. Das Magazin bietet 10.000 Mark, Rainers Talkshow 50.000. Und Alex, der sich immer so viel auf den superseriösen Sportteil seiner Zeitung zugutehält, glaubt allen Ernstes, du müsstest bei ihm dein Geständnis ablegen. Natürlich ohne Kohle, er macht ja keinen Scheckbuchjournalismus.

Ausgerechnet Alex. Nach dem Toursieg hat er mich zum Superstar hochgeschrieben. Das Radfahren reichte nicht, er musste aus Kathrin und mir auch noch das Traumpaar machen. Aber jetzt ist er unter die Jäger gegangen.

Wie meinst du das?

Du hast mir doch das Porträt geschickt, das er über den Chef der Anti-Doping-Agentur geschrieben hat: der Mann, der Max Witt zur Strecke gebracht hat.

Waidmanns Dank! Das würde sich seine Zeitung bei keinem Kinderschänder trauen. Für jeden Terroristen gilt die Unschuldsvermutung, und das ist ja auch gut so. Aber der Doper ist kein Mensch mehr. Sondern ein Tier, das zum Abschuss freigegeben wird.

Was hat Alex denn bisher über die *Operation Camorra* geschrieben?

Der läuft als gespaltene Persönlichkeit durch die Welt. Jeden dritten Tag stellt er wieder einen Radfahrer an den Pranger. Du weißt ja: 99 Blutbeutel wurden beim Doc sichergestellt, 66 sollen von euch sein. Der investigative Alex hat in seiner Zeitung 40 Namen von Rennfahrern genannt, die meisten stimmen wohl. Aber glaubst du, der traut sich an die 33 Beutel ran, die aus den anderen Sportarten stammen? Kein Ton zum Fußball.

Aber der weiß doch, welche Spieler beim Doc ein und aus gegangen sind!

Da hält er's mit dem Stammtisch: Doping bringt nix im Fußball.

Wie bitte? Toni Schumacher hat Captagon zugegeben. In Leverkusen dreht ein Kicker wieder um, weil der Kontrolleur anrückt. Und bei Juve war die halbe Mannschaft auf EPO!

Mir musst du das nicht erzählen. Ich erklär's mir so: Entweder hat der Herr Redakteur ganz einfach Schiss vor dem Wurst-Hannes. Du weißt ja, wie der drauf ist, wenn er wieder einen roten Kopf kriegt. Für einen unbotmäßigen Halbsatz lässt der Präsident zwei Jahre büßen.

Oder?

Der Enthüller will nicht alle Helden stürzen. Wär ja blöd für seinen Sportteil – wenn er nur über Betrüger schreibt, kriegt er am Montag keine sieben Seiten. Ein gedopter Radrennfahrer ist nützlich, da zeigt der Journalist, wie gut er recherchieren kann. Aber dann bitte wieder eine Eloge auf den Fußball. Die Truppe vom Wurst-Hannes hat am Samstag 2:0 gewonnen – gegen Freiburg. Weißt du, was der kritische Alex über die Mannschaft geschrieben hat? Dieser Gigant überragt alle Winzlinge!

Wir stiegen ab und wechselten zu den nächsten Spinning Bikes. Bei einem quietschten die Pedale. Felge berichtete von Emnid. Das Meinungsforschungsinstitut hatte das Volk befragt: 90 Prozent forderten eine Entschuldigung von Max Witt.

Wie ist die Stimmung in Frankreich?

Du weißt doch: Die Franzosen sind katholisch. Die wissen, dass Heuchelei zur Religion gehört. Es gibt Heilige, und es gibt Menschen. Wer nicht heiligmäßig lebt, kann ja beichten. Aber wir Deutschen sind zu evangelisch. Was der Pfarrer predigt, gilt sogar für Radrennfahrer.

Ich ging zu Basti und fragte nach Schmieröl für das Pedal. Vermutlich hatte Felge Recht. Dann wartete ich besser noch eine Weile mit meiner Beichte. Bis die frommen Fanatiker sich abgeregt hatten. Außerdem musste ich erst beim Trainer reinen Tisch machen, bevor die Fans und der Rest der Welt Genaueres über meine Blutbeutel erfuhren. Und ich war froh, dass der Eisenbeißer gerade Urlaub machte auf Mallorca. Wenn er wieder nach Bottighofen kam, musste ich ihm in die Augen schauen. Davor hatte ich jetzt schon Schiss. Also musste die Öffentlichkeit gefälligst warten. Schließlich war ich für zwei Jahre gesperrt. Ich hatte Zeit.

Außerdem wusste ich nicht, ob ich das überhaupt wollte. Das Sportgericht hatte mich verurteilt, und ich hatte die Sperre akzeptiert. Warum stellte Deutschland Ansprüche, dass ich öffentlich zu Kreuze krieche?

Basti war richtig dankbar, dass wir seine Standfahrräder flott machten. Er sagte: Wenn der Laden läuft, kann ich mich selbst auf die Dinger setzen. Wär gut für mein Knie.

Aber jetzt musste er sich um die Fliesen für die Dusche kümmern. Ich bot meine Unterstützung zur Eröffnung an:

Wenn du willst, schreib ich Autogramme. Du kannst ein gelbes Trikot verlosen, ich fahr auf dem Parkplatz im Kreis.

Da guckte Basti traurig und sagte:

Lass stecken, Kumpel. Radsport kommt gerade nicht so gut. Für die deutsche Kundschaft setze ich auf das Figurprojekt. Der persönliche Fettverbrennungscoach kommt am Sonntag.

Trübholzsteige

Sag ich doch: Geh in die Schweiz!

Das war der Kommentar meines Managers, als das fette *Blatt* die Hühnerfrau brachte. Auf dem Foto hatte sie die Kittelschürze an, stand vor ihrem babyblauen R 4 und zeigte auf das Bremslicht hinten links. Das war vergrößert ins Bild montiert, man sah einen Sprung in dem roten Plastikknubbel. Ich wusste sofort, worum es ging. Aber ich wusste nicht, dass mein Knie damals so heftig gegen das Auto gedonnert war.

Eier-Ilse erzählte den Crash aus ihrer Sicht. Natürlich sagte sie nicht, dass sie mir die Vorfahrt genommen hatte. Sie regte sich auf über Max Witt, der schon immer ein Rüpel auf dem Rad war. Der sei als Junge so rücksichtslos gefahren, dass ihr eine Palette Eier im Kofferraum zu Bruch gegangen sei. So guckte sie auch auf dem Foto: die ganze Frau ein Vorwurf.

So schäbig ist der Rad-Millionär, schrieb das *Blatt*, seit 14 Jahren weigert sich Max Witt, dieser Bäuerin ihren Schaden zu ersetzen. Am Ende spielte die Zeitung ihre Lieblingsrolle und mantelte sich zum Anwalt der kleinen Leute auf. Spendierte der armen Frau vom Hühnerhof ein neues Rücklicht. Und 9,60 Mark für zwei Dutzend Eier.

Kathrin war gleich begeistert von dieser Idee: neu anfangen. Sie wollte in eine Stadt ziehen. Ich fand das auch groß: Clubs mit Livemusik, originelle Läden, richtig gute Bars, von denen man mit dem Taxi nach Hause kommt. Ich war ja zwei Jahre gesperrt. Also musste ich nicht trainieren und konnte erst mal leben. Basti sagte:

So viel Geld, wie du verdient hast, kannst du doch gar nicht ausgeben.

Bei der Suche nach einem guten Makler hängte sich Kathrin voll rein. Ich gab zu bedenken, dass ich irgendwann wieder Rad fahren würde, deshalb könnten wir nicht mitten in die Stadt. Aber wir fanden eine geniale Villa am Rand von Zürich: Baujahr 1898, am Hang. Hinter dem Haus Wald, vorne Balkon und Terrasse mit Blick über den See. Costa Rica, sagte der Makler und grinste.

Es gab einen Erker mit Türmchen und Wetterfahne, geschnitzte Balken trugen den Dachvorsprung über dem Balkon. Das Haus war die perfekte Mischung: nicht protzig, mit Stil. Ich fühlte mich geborgen wie in einem Schwarzwaldbauernhof.

Mein Finanz- und Alles-Berater Felge grummelte ein bisschen.

Du weißt schon, dass du dir die teuerste Stadt der Welt ausgesucht hast? Andererseits: gute Steuerpolitik.

Der Anfang war gigantisch. Der Bodenleger schliff das Fischgrät-Parkett ab, der Maler lackierte die Sprossenfenster neu. Innen ließen wir die Wände spachteln, das war ganz weit weg von Raufasertapete. Und alle Handwerker kamen pünktlich. Klar, die sind nicht als billig verschrien. Aber das muss man sich mal vorstellen: Der Plattenleger sagt, er kommt am Montag, und am Wochenende hast du ein neues Bad mit Terrakottafliesen.

Am Tag vor dem Umzug ging ich noch einmal zu Fuß. In der Dämmerung schlich ich durch Bottighofen. Ich wusste ja, wo der R 4 steht. Aus dem Schuppen von Eier-Ilse stank es nach Hühnerkacke, es gab keinen Hund, und ich machte das linke Hinterrad platt. Nicht, dass jemand denkt, ich hätte den Reifen aufgeschlitzt. Nein, ich hab ganz anständig aus dem Ventil die Luft abgelassen. Statt Gegendarstellung. Das Bremslicht war immer noch kaputt.

Im Winter zogen wir in die Trübholzsteige. Natürlich war manches in der Villa noch provisorisch; im Wohnzimmer hing zum Beispiel nur eine nackte Glühbirne von der

Decke. Aber darauf freute ich mich ja: Wir konnten in aller Ruhe durch die Einrichtungsläden von Zürich bummeln. Es gab kein Frühjahrsrennen, das mir Stress gemacht hätte. Wir fanden eine witzige Stehlampe, von einem englischen Designer, die sah aus wie der Klassiker für den Schreibtisch, mit Stahlfedern und Gestänge, halt zehnmal so groß wie das Original. Dunkles Lila, passte perfekt zwischen die zwei Sessel im Erker. Dann fiel Schnee, es wurde knackig kalt, und wir tobten mit Paul auf dem Schlitten den Hausberg hinunter.

Meine Eltern waren beeindruckt. Von so einer Villa hatte meine Mutter wohl als Mädchen geträumt. Jetzt war sie stolz auf ihren Sohn. Sie sagte natürlich nichts, aber ich sah es an ihren Augen. Zwei Wochen später erzählte meine Schwester, wie sie von unserem offenen Kamin geschwärmt hat.

Mein Vater begeisterte sich wie ein Kind für die Zahnradbahn, die von der Stadt auf den Berg zuckelt. Die feuerroten Wagen, die treuherzigen Scheinwerfer, die enge Ausweichstelle – das versetzte ihn in romantische Stimmung. Seinem Enkel erzählte er vom heldenhaften Bau der Schwarzwaldbahn, als sei er selbst dabei gewesen. Paul war genauso hingerissen. Vor dem Einschlafen sagte er: Opa, morgen wieder Zahnputzbahn.

Mit den Leuchten ist das wie mit dem Wein: Wenn du mal auf den Geschmack gekommen bist, magst du den billigen nicht mehr. Die Auswahl in den Läden war unglaublich. Es gab Antiquitäten mit mundgeblasenem Glas, es gab Halogenspots. In den coolen Galerien taten sie geheimnisvoll und sagten LED. Im Frühjahr hing noch immer die Glühbirne im Wohnzimmer, wir hatten die ultimative Lampe noch nicht gefunden. Der Hang hinterm Haus war matschig, der See lag die meiste Zeit im Nebel. Die Skisaison war vorbei. Es machte keinen Spaß, sich draußen zu bewegen.

Ich roch kein Startöl und keinen Frühling. Im Trübholz wurde ich zum Fernsehsportler. Auf allen Kanälen lief ein Wundersprinter. Der rannte allen davon, den Amerikanern und dem Rest der Welt, als ob die Traktorreifen hinter sich herziehen würden. Auch das deutsche Fernsehen war begeistert. Die öffentlich-rechtlichen Sender übertrugen noch immer keine Radrennen. Stattdessen hatten sie eine Dopingredaktion eingerichtet. Aber die störte den Betrieb der Heldenfabrik nicht wirklich. Die Industrie lieferte wie gewohnt. Wenn der Weltrekordler rannte, flippten die Kommentatoren aus. Der Mann kam aus der Karibik, wo es keine Trainingskontrollen gibt. Er tauchte nur bei den ganz großen Rennen auf, dann verschwand er wieder, und niemand stellte Fragen.

Mit dem Zweiten schaut man weg!

Das fette *Blatt* brachte ein Bild seiner Freundin. Da sah man einen unglaublichen Knackarsch im Bikinihöschen. Angeblich hat sie dem Helden vor dem Rennen dieses Foto aufs Handy geschickt. Und gesimst: Denk an meine Kurven, wenn du läufst! Dem *Blatt* fiel dazu eine lustige Schlagzeile ein:

Poping statt Doping!

Im Sommer waren die Schwimmer dran. Eigentlich interessiert mich das nicht so, wenn die Kacheln zählen. Aber beim Ball des Sports hatte ich die deutschen Stars kennengelernt, deshalb schaute ich zu. Da lief eine gelbe Linie durchs Bild. Im Becken und in der Halle konnte man die nicht sehen. Im Fernsehen zeigte diese Linie den Weltrekord an, und jeder, der im Freibad keine 50 Meter Brust schafft, kann auf seinem Sofa sagen: Guck mal, die sind heut aber langsam – fünf Meter hinter dem Weltrekord.

Der Superstar der Schwimmer hatte Füße, die waren abnormal groß. Aber die deutsche Dopingredaktion hielt brav die Klappe. An die Australier und Amerikaner trauten die sich nicht ran. Erst als eine kleine Chinesin wie ein Torpedo durchs Becken schoss, stellten die Journalisten aus dem Westen mutig ihre Fragen. Das verängstigte Mädel sagte dann sein Sprüchlein, vom Training nach wissenschaftlichen Methoden, das klang wie eine CD, die einen Hänger hat: Wissenschaft, Training, Wissenschaft.

In allen Rennen lagen die Deutschen ziemlich weit hinter der gelben Linie. Aber sie hatten einen Direktor, der heißt wirklich so: Leistungssportdirektor. Der sprach vom vielen Fördergeld und stellte seine Sportler in den Senkel:

Von einem Piloten erwartet man, dass er eine ordentliche Landung hinkriegt. Und wir verlangen von den Athleten, dass sie ihre Leistung abrufen, wenn's gilt.

So einfach ist das: Oben wirft man Geld ein, unten spuckt der Sportlerautomat Medaillen aus. Wie das funktioniert, will keiner genau wissen. Ganz wichtig ist aber, dass die deutsche Maschine einen Aufkleber hat: Garantiert FCKW-frei!

Als die Schwimmer untergingen, saß ich in Bermudashorts vor dem Fernseher. Meine Beine hatten sich verändert. Da sah man keine Venen mehr. Meine Schenkel fühlten sich schwammig an. Im Keller standen zehn Fahrräder, aber ich schaffte es nicht auf den Sattel. Wenn das Wetter gut war, überlegte ich, wo ich fahren wollte. Ich hatte Landkarten gekauft, vom Bodensee bis Bern. Ich tüftelte Routen aus, für den Anfang flache Strecken. Aber war auf der Straße am See nicht zu viel Verkehr? Die Karten lagen auf dem Couchtisch, ich studierte sie so lange, bis ich mir sagte: Heute lohnt es sich nicht mehr.

Die ultimative Lampe fürs Wohnzimmer hing noch immer in einem Geschäft, das wir bald entdecken würden. Im Schlafzimmer standen ein paar Umzugskartons. Irgendwann stolperte ich dagegen und merkte, dass zwei leer waren. Man müsste sie mal zusammenfalten und auf den Dachboden bringen. Ich schlief schlecht, weil mir die Bewegung fehlte. Das einzig Erstaunliche war, dass Kathrin keine Bemerkungen über meine Plauze fallen ließ. Sie studierte wieder und ging tatsächlich in die Vorlesungen.

Auf der Jungferninsel, als ich den Schock verarbeitet hatte, dass ich zwei Jahre gesperrt war, habe ich mir das schön vorgestellt: endlich Zeit haben. Nach der letzten Einheit im Trainingslager keinen Rückflug am Abend nehmen, damit ich am nächsten Tag zu Hause wieder 200 Kilometer schrubben kann. Im Winter Rotwein trinken und nicht daran denken, wie ich Tyler im Juli drei Sekunden abnehmen kann. Ausschlafen, gemütlich frühstücken, und dann überlegen, was ich aus dem Tag machen will. Oder einfach mal einen verplempern.

Am Anfang war die Zeit im Trübholz warm. Sie strahlte wie die Wintersonne. Endlich konnte ich dasitzen und den Augenblick genießen. Weil das Ziel weg war, das immer die Zeit gefressen hat. Aber bald lebte ich wie im Transit.

Terminal D, Ausgang 64, du wartest auf den Anschlussflug und weißt nichts mit dir anzufangen. Wenn du dich endlich aufraffst zum Dutyfree, ist die Zeit weg.

Ich spürte keinen Fahrtwind mehr. Mein Leben wurde so langsam, dass ich aus dem Gleichgewicht kippte. Das war wie bei der ersten Fahrt mit Klickpedalen: Du musst an einer Ampel anhalten, aber du vergisst, dass du einen Fuß ausklicken musst, bevor du ihn auf den Boden setzen kannst. Wenn du das merkst, ist es zu spät, weil du kein Tempo mehr hast. Dann fällst du mit deinem Rad wie eine Bahnschranke. Das sieht blöd aus und tut weh. Aber bei einem Sturz spürst du wenigstens was. Auf meinem Sofa fühlte ich gar nichts. Wenn ich aufstand, wusste ich nicht, was ich wollte, und setzte mich wieder hin.

Ich war grundlos unzufrieden. Kathrin fragte:

Bist du auf Entzug?

Da nahm ich Prozac, die Glückspille für lange Regenfahrten.

Nur Paul brachte Leben ins Trübholz. Mit ihm tobte ich durch den Garten. In der Auffahrt zur Garage wollte ich ihm das Radfahren beibringen. Das Laufrad wurde ihm zu klein, und er war alt genug, um die Füße vom Boden zu nehmen. Sein Kinderfahrrad schlingerte, aber er trat in die Pedale wie ein Weltmeister. Ich hielt die Sattelstütze fest, rannte hinter ihm her und wollte nicht loslassen. Da fuhr es mir in den Rücken. Ich hielt das für einen Hexenschuss. Nach drei Tagen auf dem Sofa wurde es nicht besser, irgendwann ging ich zum Orthopäden. Der schickte mich zur Kernspintomografie. Dann sagte er, ich hätte einen Bandscheibenvorfall.

Am schlimmsten war das Stehen. Kathrin gab sich richtig Mühe, mich auf andere Gedanken zu bringen, und schleppte mich ins Kino. Die Schlange am Eingang war nicht lang. Aber ich hielt die drei Minuten nicht durch. Einfach nur stehen, viel weniger kann man vom Körper ja gar nicht verlangen. Doch das fühlte sich an, wie wenn eine Säule gebrochen ist, und alles knickt ein. Als ich mich an der Wand abstützte, ging es. Aber der Schmerz zog hinunter bis zum großen Zeh. Am schlimmsten war er an einer arschblöden Stelle, er saß in der rechten Backe. Nachts durfte ich nicht mehr auf dem Bauch schlafen, nur noch in Seitlage mit angewinkelten Knien.

Der Orthopäde sagte, dass ich beim Sex vorsichtig sein soll. Eine falsche Bewegung, und alles wird noch schlimmer.

Vereinsheim Vorwärts

Wenn du's an der Bandscheibe hast, ist der Porsche kein gutes Auto. Beim Einsteigen war ich mir selber peinlich. Mit einer Hand hielt ich mich am Türrahmen fest, dann ließ ich mich wie ein alter Mann auf den viel zu tiefen Sitz runter. Ich bewegte mich langsamer als ein Treppenlift. Jetzt waren die hohen Hecken um die Villa gut – niemand konnte mich sehen. Mit der Fernbedienung machte ich das Tor der Einfahrt auf. Aber der Schulterblick zum Rückwärtsfahren ging nicht, weil ich den Rücken nicht drehen konnte. Ich guckte angestrengt in die Spiegel und rollte in Superzeitlupe zur Trübholzsteige. Die Frau auf dem Gehweg sah ich erst, als sie neben dem Beifahrerfenster stand. Ich entschuldigte mich mit den Händen, aber das machte die Sache nicht besser. Sie schüttelte stumm den Kopf. So, wie man das in diesem Viertel macht: nicht wütend, mit Vogel zeigen oder so. Sondern so gemessen, dass die Scheiben nicht von der Gurkenmaske fallen würden. Hier zeigt man Verachtung mit den Augen.

Ich wollte nach Bottighofen. Dieter Eisenbeiß hatte mich eingeladen, er feierte im Vereinsheim des *RV Vorwärts* seinen Sechzigsten. Hinter Basel spürte ich meinen Rücken nicht mehr, weil der Magen mich ablenkte. Er war flau. Drei Tage vor Stuttgart hatte ich den Trainer zum letzten Mal gesehen, als wir die Gewaltschicht einlegten. Dann hatte ich mich verdrückt. Als ich in der Karibik war, rannten die Journalisten ihm die Bude ein. Alle wollten einen Kommentar von ihm über mich, aber der Trainer stand das eisern durch wie eine Regenfahrt. Er schwieg. Das muss man sich mal vorstellen: Das Fernsehen hofiert ihn, die wichtigen Zeitungen blasen ihm Zucker in den Arsch, auf allen Kanälen könnte er seine Enttäuschung über mich ablassen und würde dafür Sympathiepunkte kriegen. Er könnte sich als aufrechter Kämpfer für den sauberen Sport hinstellen, und das wäre noch nicht mal gelogen. Aber er sagt nix, deshalb schreiben die Pressefuzzis von der Omertà. Und stecken alle Radfahrer in einen Sack mit der Mafia.

Ich glaub, das hab ich noch gar nicht erzählt: Das Vereinsheim liegt ja an der Radrennbahn. Dort ließ uns der Trainer ab meinem zweiten Jahr zum Punktefahren antreten. Alle zehn Runden ein Sprint, Rundengewinn vor Punktgewinn. Ich konnte das Bahnrad nie leiden. Keine Bremsen, mit denen du die Sache im Griff hast. Starre Nabe, immer die gleiche Runde, das hat nichts mit der Freiheit des Radfahrens zu tun. Die Bandenwerbung war die größte Abwechslung: in der Nordkurve *Auto-Fitterer*, im Süden der Flaschner: ALLES DICHT SEIT 50 JAHREN!

Wenn es regnete, waren die Steilkurven rutschig. Jetzt gab es ein Dach über der Bahn. Basti hatte mir davon erzählt, aber ich sah es zum ersten Mal. Es gab ein neues Gesetz mit Subventionen für Strom aus Fotovoltaik. Und der Vorstand des *RV Vorwärts* hatte sich tatsächlich an die Spitze des Feldes gesetzt: Sie bauten das Dach, über das der Verein seit 20 Jahren auf jeder Versammlung diskutiert hatte, und finanzierten es mit diesen blauen Zellen obendrauf. Die Radrennbahn sah jetzt aus wie eine Fabrik ohne Wände. Der Parkplatz war voll.

Im Vereinsheim stand der Trainer neben dem Tresen, unter der lustigen Peitsche. Die war schwarz und hing an der Wand, über einem Schild:

KEINE HANDYS IM VEREINSHEIM!

Die Vitrine mit den Pokalen hatte ich größer in Erinnerung. Aber die wichtigste Trophäe hing noch da: mein gelbes Trikot. Hinten machte die Band ihren Soundcheck, der Frontmann von den *Tornados* stimmte seine Gitarre. Ich stand unentschlossen in der Tür, da sah mich der Trainer. Energisch kam er auf mich zu, nahm mich in den Arm und klopfte mir begeistert auf den Rücken. So wie nach einem Jugendrennen, wenn einer von uns gestürzt und trotzdem weitergefahren ist. Dann schaute er an mir hinunter und sagte:

Mensch Max, du bist dicker als beim ersten Training!

Das war verkehrte Welt: Ich hatte zehn Kilo zu viel, trug das Poloshirt über der Hose und hatte den Kragen hochgeklappt, damit mein moppeliger Hals nicht so auffällt. Der

Trainer war doppelt so alt wie ich, aber mit ihm könnte man Werbung machen fürs Sportabzeichen. In echt war der so drahtig wie Clint Eastwood im Film. Er ging so wie alle Radfahrer, die im Sattel geblieben sind: ein bisschen gebückt. Sein Gesicht hatte Falten, aber die Haut glänzte frisch, als ob er gerade von einer Ausfahrt zurückgekommen wäre. Er guckte unternehmungslustig. Und ich schleppte einen Körper zum *RV Vorwärts*, der nach 60 Sekunden dringend einen Stuhl brauchte.

Die E-Gitarre fing an, der Schlagzeuger der *Tornados* rumpelte mit: *We are the Champions*. Der Saal klatschte, und ich brauchte eine Weile, bis ich kapierte: Das galt mir. Der verlorene Sohn kommt heim, und der Vater gibt ein Fest. Obwohl ich es immer verlogen fand, wenn die Leute von der Radsport-Familie geredet haben. Dabei bleibe ich auch. Familie ist schwierig genug, aber wenn du Glück hast, kannst du dich auf sie verlassen. Im Sport möchte ich es lieber nicht drauf ankommen lassen.

Der *Vorwärts*-Präsident hielt eine Rede, dann erklärte der Trainer das Buffet für eröffnet. Die *Tornados* spielten *Bicycle* von *Queen*, da mussten wir durch. Basti war gut drauf, er humpelte nicht mehr. Mit seinem Vater teilte er sich eine Portion Tiramisu, ich nahm zwei. Dieter Eisenbeiß lebte wie ein Asket für seinen Sport, aber er war kein Menschenschinder, der anderen nichts gönnt. Die Bedienung brachte ein Tablett mit Obstler und Edelkirsch. Irgendwann fing der Kassenwart an, über die Medien zu schimpfen, die den Radsport kaputtmachen.

Die zeigen kein Rennen mehr. Die schreiben nur noch über Dopping.

Das kannten wir von ihm, dass er das D-Wort so sagte, als ob es zwei P hätte. War auch klar, dass er alle auf seiner Seite hatte, wenn er über die Journaille herzog. Alle bis auf einen. Der Trainer, der gerade seinen Geburtstag feierte, widersprach.

Ihr wisst, dass ich mit denen nur noch das Nötigste rede – zustimmendes Gemurmel – aber die sind's nicht, die unseren Sport kaputtmachen.

Sondern?, fragte Spindelinski. Der war inzwischen Jugendwart.

Dopende Radfahrer, sagte der Trainer. Die sind schuld, dass unser Sport vor die Hunde geht.

Mit einem Schlag war es still im Saal. Ich guckte vorsichtshalber zum Saxophon von den *Tornados*, weil ich nicht sehen wollte, ob der Trainer oder sonst einer auf mich schaute. Felge fing sich am schnellsten. Wahrscheinlich wollte er mich aus dem Wind nehmen, aber wahrscheinlich war das auch seine Überzeugung, als er anfing mit der Geschichte des Radsports.

Schon 1891 traten die Fahrer zum Langstreckenrennen an, erklärte Felge. Einmal Bretagne und zurück, Paris-Brest-Paris, zwölfhundert Kilometer! Da ging's ums Überleben, die Jungs mussten schlucken, was sie kriegen konnten, Koffein und Kokain.

Eben, sagte der Trainer: Der Sieger fuhr drei Tage und drei Nächte durch. Danach brauchte er einen Tag, bis er endlich schlafen konnte.

Aber die nahmen lieber Dynamit fürs Rennrad, als wieder zurück ins Bergwerk zu gehen, konterte Felge. Unser Sport war schon immer was für Malocher. Ganz was anderes als die Ideen des Herrn Baron von und zu Coubertin. Der hat den olympischen Ringelpiez aus der Mottenkiste geholt, damit der gelangweilte Adel seine Tage rumkriegt.

Warum hacken alle auf uns rum?, fragte der Kassenwart. Es wird doch überall beschissen: Der Student fährt schwarz mit der Straßenbahn, die CDU hält unterm Tisch die Hand auf, und beim Finanzamt wärst du ja blöd, wenn du alles angeben würdest. Warum sollen ausgerechnet wir Radfahrer heiligmäßig leben?

Da wurde der Trainer ernst. Es klang, als ob er an seinem Sechzigsten sein Leben zusammenfassen würde:

Wenn wir im Sport genauso betrügen wie im normalen Leben, können wir den Laden dichtmachen. Wir behaupten doch immer, dass alle mit den gleichen Chancen an den Start gehen. Es ist egal, ob dein Vater Zahnarzt ist, und meiner Maurer – für alle gelten die gleichen Regeln, und der Beste soll gewinnen. Am Mont Ventoux will ich keine Laborratten sehen, von denen ein paar unterwegs krepieren. Ich will mich begeistern an Leistungen, zu denen Menschen fähig sind. War gar nicht verkehrt, dass du die Heiligen ins Spiel gebracht hast: Wenn wir im Sport nicht ehrlicher sind als im Alltag, blasen wir das Rennen lieber ab.

Ghisallo

Dieses Haus hätte ich mir nicht ausgesucht. Es war ein Klinkerbau aus der Zeit, als die Architekten meinten, Rechteck sei gut. Nur ja kein Dach auf die Kiste, dafür Gitterstäbe vor die Fenster im Erdgeschoss.

Dieser Käfig war mein Ziel. Hier hatte mein neuer Physio seine Praxis. Im Flur stand ein Stuhl. Hier können Sie warten, sagte die Frau am Tresen, und die Schuhe dürfen Sie gleich ausziehen. Auf einem weißen Schränkchen lagen Zeitschriften. *Bodytuning im Urlaub*, stand auf einem Titel, daneben strahlte eine Schauspielerin. Sie war nicht mehr taufrisch, auf Seite 17 konnte man lesen, was so toll an ihrer ganz speziellen Kreuzfahrt war. An Bord hat sie sich liften lassen.

Ich war mir nicht sicher, ob der Trainer diesmal Recht haben würde. Er hatte mir diese Praxis empfohlen, Tipp von einem Kollegen. Der Physio hieß Gripp. Martin Gripp war freundlich, hatte tolle Zähne und redete nicht viel. Ich lag auf seiner Liege, er hob mein Bein hoch und dehnte es. Nicht so, wie wir das beim Stretching immer gemacht haben. Dort sah das aus wie Materialprüfer bei der Arbeit, die testen, ob ein Teil auch wirklich hält. Gripp fasste meine Wade an, als ob sie zu einem Baby gehörte.

Ich zeige Ihnen Übungen für die hintere Kette, sagte er. Ich wartete auf einen neuen Schmerz, aber der kam nicht. Das fühlte sich wie Streicheln an. Von einem Mann, aber immerhin.

Als ich die Hose wieder anzog, machte er mir Mut.

Sie haben so viel Gesundheit in sich, das wird wieder.

Er sagte, dass ich meinem Körper etwas zutrauen soll. Schwimmen, Spazierengehen, Radfahren – machen Sie, wozu Sie Lust haben. Ihr Rücken zeigt Ihnen, was er nicht gut findet.

Dann sagte er noch etwas: Ihre Gesundheit hängt nicht am seidenen Faden.

Die nächsten Tage waren heiß. Ich ging zu Fuß zum See. Der Bootssteg hatte eine Badeleiter, vorsichtig stieg ich auf den glitschigen Sprossen ins Wasser. Es war weich und roch nicht nach Chlor, dunkle Fische schwammen um die Balken. Mit dem Beinschlag war ich vorsichtig, aber meine Armzüge wurden schnell groß. Es prickelte auf der Haut, beim Atmen spürte ich die Luft. Am anderen Ufer legte ein Dampfer an, an seinem Heck wehte das Schweizerkreuz im Wind.

Zu Hause machte ich brav die Übungen für die hintere Kette. Morgens taten die richtig gut, wenn das Kreuz steif war und der Schmerz sich anfühlte, als sei er für alle Zeiten eingeschweißt. Aufs Rennrad traute ich mich nicht, wegen der gestreckten Sitzposition. Aber am dritten Tag nahm ich das Mountainbike. Im Sattel feierte ich Auferstehung. Ich fuhr auf den Spazierwegen im Trübholz, wo sich keine Wurzel aus dem Kies wagt. Nach einer Viertelstunde tat meine rechte Backe nicht mehr weh. Ich wurde mutig und ging in den Wiegetritt – kein Problem. Der Schmerz kam erst wieder, als ich unter der Dusche stand.

An Weihnachten lag ich mit Paul auf dem Boden. Wir bespielten seine Carrerabahn, und irgendwann merkte ich, dass mein Rücken nicht mehr wehtat. An Silvester ging erstaunlicherweise die Welt nicht unter, obwohl Deutschland die D-Mark abschaffte. Als das Eis in dicken Schollen auf dem See trieb, schlich sich der Schmerz langsam aus meinem Körper. Im Frühjahr ging der Eisenbeißer mit Jugendlichen ins Trainingslager nach Italien. Fahr doch mit, sagte er, die sind erst vierzehn.

In den ersten Tagen waren wir flach unterwegs. Dann nahmen wir die Fähre nach Bellagio. Der Morgen war kühl, am Ufer stand eine alte Villa in einem großen Park, der sich den halben Hang hinaufzog. Die Hecken waren wie mit dem Winkelmesser gestutzt, es gab Palmen und Bäume, von denen ich keine Ahnung hatte. Die Überfahrt dauerte nicht lang. Ich war gespannt auf das andere Ufer. Amerikaner schnatterten an der Reling. Sie kommentierten das Anlegemanöver, als ob wir ein Riesentanker in rauer See wären. Ein Matrose warf das Tau an Land, die Motorradfahrer wollten als Erste von Bord und drehten am Gas. Auf dem Parkplatz am Anleger schlitzten wir mit unseren schmalen Rädern zwischen den Reisebussen durch, nach einem Kreisverkehr hatten wir Ruhe.

Zehnkommasechs Kilometer bis zur Madonna, sagte der Trainer. Er schickte mich an die Spitze, er selbst machte den Schluss. Es ging durch den Wald bergauf, mindestens zehn Prozent. Am Anfang blieben die Jungs brav hinter mir. In den Serpentinen hatte man einen Postkartenblick auf den Comer See. Ich legte mir schon mal Plan B zurecht: Bevor die mich abhängen, hole ich das Handy aus dem Trikot und halte an, wegen Erinnerungsfoto.

An einer Stützmauer war ein kleiner Brunnen. Ein Italiener im *Bianchi*-Trikot füllte Wasser in seine Trinkflasche und schüttete es in seinen Nacken. Als wir an ihm vorbeikurbelten, lachte er und rief:

Avanti Dilettanti!

Der Ghisallo-Pass zeigte keine Schwäche. Auf vier Kilometern kam kein Flachstück, nur in den Serpentinen konnte ich ein paar Tritte rausnehmen und mich erholen. Alter Falter, ich bin schon den Mont Ventoux hinaufgebrettert, und jetzt bringt mich dieser Mittelklasse-Berg in Verlegenheit.

Ich war froh, als ein Dorf auftauchte. Da wurde es flach. Wir rollten zwischen verschlafenen Häusern durch, vor der Bäckerei hielten Frauen ihr Schwätzchen.

Aber dann kam die Zeitmaschine. Teil zwei des Aufstiegs war wieder steil, und die Rampen beamten mich zurück. Ich war noch mal vierzehn, genauso alt wie die Jungs hinter mir, und machte diese gigantische Entdeckung: Du glaubst, du stehst vor der Mauer. Nichts geht mehr. Aber plötzlich ist die Wand weg, und du fährst in neues Land. Der Körper hat die Anstrengung von Teil eins komplett vergessen. Die Beine haben Kraft, als ob sie gerade erst losgelegt hätten. Vorn sehe ich eine Gruppe Hobbyfahrer, die sind zu kriegen. Ich pirsche mich ran, hänge mich hinter dem letzten Mann in den Windschatten. Hundert Meter Erholung, dann fliege ich vorbei. Es sind Holländer, das gibt richtig Power.

Oben kommt ein grauer Turm. Kontrollblick auf den Tacho – Kilometer 10,1 – das muss die Kapelle sein. Hochschalten, Wiegetritt, und ab geht's. Mühelos, wie mit Rückenwind. An der Passhöhe biege ich links ab, auf den Parkplatz zur Madonna. Eine halbe Minute später schnauft der Erste von den Jungs hinter mir und sagt:

Boa, Alter!

Ich haue ihm auf die Schulter und sage: großer Sport, Kevin!

Der See lag ein paar Hundert Meter unter uns. Die Berge waren grün und steil, in der Tiefe leuchtete das Wasser blau. Am Rand schwammen winzige Dreiecke, das mussten Surfer sein. Ein gelber Halbmond mit einem dunklen Punkt schwebte über den roten Dächern am Hang. Manche glauben ja, Gleitschirmfliegen sei das Allercoolste. Aber ich wollte in diesem Moment nicht mit dem Flieger tauschen. Der braucht ein Auto, um mit seinem Geraffel hier oben an den Start zu kommen. Wir haben es mit der Kraft des eigenen Körpers auf den Berg geschafft.

Der Trainer zeigte uns die Kapelle. Die ist klein, und sie ist Kult. Rechts und links neben der Madonna hängen Rennräder an den Wänden. Und Trikots. Von Eddy Merckx und Gino Bartali, Francesco Moser und was weiß ich von wem noch alles. Du siehst alte Stahlrohrrahmen mit Schaltung am Unterrohr, und sofort läuft im Kopf ein Film: Fausto Coppi allein auf einer *strada bianca*, hinter ihm eine Staubfahne. Eddy Merckx auf der Zielgeraden von Mailand, im *Molteni*-Trikot. Ich weiß bis heute nicht, wer Molteni war und was die machten, aber Merckx fuhr für *Molteni*. Die Mütze hatte er unterwegs weggeworfen, der Fahrtwind drückte sein schwarzes Haar an die Stirn, so fuhr er allen davon.

Neben der Kapelle mit der Madonna del Ghisallo steht ein Denkmal. Es zeigt zwei Radrennfahrer. Der rechte ist gestürzt, Mann und Maschine liegen am Boden. Aber an seinen Armen kannst du sehen, dass er gleich wieder aufstehen wird. Der linke sitzt auf einem alten Rad, bei dem die Bremszüge noch nicht am Lenker verlegt sind, sondern zwei Bögen machen. Er sieht ziemlich fertig aus, wie einer, der sich alle Kraft aus den Knochen gefahren hat. Aber im Triumph reckt er einen Arm in den Himmel, hoch über die schneeweißen Gipfel der Berge, seine Hand berührt die Wolken.

Die beiden Bronzemänner waren dicht nebeneinander. Ich stand vor dem Sockel, und der Trainer legte mir seine

Hand auf die Schulter. Ich schob die Sonnenbrille ins Haar, sah ihm in die Augen und fragte:

Meinst du, das geht immer noch?

Er sagte nichts, er nickte nur.

Chefetage

Der Konferenzraum war im Erdgeschoss. Neben der Tür hing ein Schild mit der Nummer: A 0158. Maik, unser Sprinter mit den dicken Schenkeln und der schnellen Schnauze, brachte gleich einen Spruch: Wenigstens nicht nullachtfuffzehn. Der neue Teamchef fand das lustig. Mit einem fetten Grinsen sagte er: Das muss aber unter uns bleiben.

Der Raum hatte Fenster, aber keine Aussicht. Weiße Decke, schwarze Stühle und viel Chrom. Der Teppichboden war grau, aber von dem sah man fast nichts, so voll war der Saal. Durch den Mittelgang marschierten wir zum Podium, auf dem eins von unseren Rädern stand. Die Fotografen drängelten, einer stieß einen Scheinwerfer vom Fernsehen um. Das Ding war heiß und hell, der Ständer fiel wie eine Bahnschranke und traf einen Kameramann im Rücken. Es klirrte, dann schrie einer: Hassenstein, du Arsch!

An der Wand hinter dem Podium stand ein Slogan. Die Buchstaben waren so groß wie Hinterräder:

Girokonto mit Top-Leistung

Die *Capital*-Bank war unser neuer Sponsor. Weil eine Bank ja nichts mit armen Leuten zu tun hat, marschierten wir nicht im Trikot aufs Podium, sondern im Mannschaftsanzug. Als wir im Halbkreis hinter dem Rennrad standen, ging im Saal das Licht aus. Es surrte, eine Leinwand kam aus der Decke, dann lief ein Videoclip: Die Mannschaft fährt den belgischen Kreisel. Perfekter Windschatten, perfekte Ablösungen. Mein Mund ist aufgerissen wie ein Fischmaul, ich hab den Tunnelblick. Schnitt. Dann reißen Maik und ich die Arme hoch. Er im grünen Trikot, ich im gelben. Die Stimme aus dem Off sagt:

Giro sucht Hero!

Mein Manager hatte mal wieder Recht behalten. Als die Fahnder die Blutbank hochnahmen, war ich der Doper der Nation. Ich sah keine Chance, mit dem Radfahren jemals wieder Geld zu verdienen. Aber Felge spielte auf Zeit.

Wart's ab, sagte er, irgendwann hab ich noch jeden Gebrauchtwagen verkauft.

Der Kunde war in diesem Fall die *Capital*-Bank. Die hatte ein gelbes Logo. Als ich auf dem Ghisallo-Pass das Radfahren neu entdeckte, kaufte *Capital* eine andere Bank, die hatte grüne Schilder an ihren Filialen.

Die brauchen ein Kommunikationstool, sagte Felge, die müssen dem kleinen Sparer verklickern, dass grün jetzt gelb wird. Anscheinend sahen die *Capital*-Strategen das genauso. Sie schlossen einen Vertrag mit Bernhard Ritter. Er sollte eine Mannschaft auf die Beine stellen, die für die gelbe Bank fährt.

Ritter war ein Quereinsteiger. Kein ehemaliger Profi, der nach dem Ende seiner Laufbahn halt Teamchef wird, weil er nicht rauswill aus dem Dunstkreis der Fahrer. Ritter war Lehrer und ließ sich von der Schule beurlauben, weil er den Radsport liebte. Bernie suchte das Abenteuer. Wir

Deutschen sind Romantiker, sagte er. Er wollte beweisen, dass man Radrennen noch immer mit ehrlichem Kampf gewinnen kann. Deshalb führte er den Blutpass ein: Jeder Fahrer wurde regelmäßig untersucht, im Internet konnte sich alle Welt die Werte angucken.

In diese Kerbe haute er auch jetzt. Auf dem Podium im Saal A 0158 sprach er von einem Neuanfang. Bei jedem anderen würde sich das grauenhaft anhören. Aber der Teamchef hatte viel Temperament. Er redete nicht wie ein glatter Verkäufer, bei ihm hörte man das Hessische heraus. Seine Sätze waren nicht wie von der Versicherung, er hatte es gern klar. Und er war nicht eitel. In seiner Brille steckten Glasbausteine. Seine Haare waren widerspenstig, die Frisur erinnerte an Mecki. Es hatte Wucht, wenn er sagte:

Wir treten an für glaubwürdigen Sport.

Natürlich durfte Ritter erst nach Großheis reden. Askan Großheis war der Vorstandsvorsitzende der *Capital*-Bank. Ich kannte sein Gesicht aus dem Fernsehen, im Hauptquartier in Frankfurt erlebte ich ihn zum ersten Mal live. Man wusste sofort, dass er der Chef war. Wo er hinging, wurde es still. Eine Gasse tat sich auf, Gespräche verstummten, die Leute nahmen eine Haltung ein wie der Diener, wenn sein Herr kommt.

Wer ins Risiko geht, kann nur im Team bestehen, sagte Askan Großheis. Er verkündete das wie ein Prophet. Mit einer Hand machte er große Gesten im Lichtkegel, die andere steckte lässig in der Hosentasche. Er trug einen dreiteiligen Anzug mit Einstecktuch, und ich würde eine Siegprämie verwetten, dass sein Hemd mit seinem Monogramm bestickt war. Großheis sprach von Mitarbeitermotivation. Wir brauchen Ausdauer und Leidenschaft, damit aus Grün und Gelb das Kreditinstitut der Zukunft wird.

In seiner Rede ging es um den entscheidenden Moment im Hochrisikozentrum. Und es ging um Geschwindigkeit.

Dasselbe Tempo, mit dem Sie uns auf dem Rad begeistern, meine Herrn, das legen unsere Hochleistungshändler auf dem Kapitalmarkt vor.

Als Großheis fertig war, verteilten Hostessen Trikots an die Journalisten. Die durften ja nicht gelb und nicht grün sein, weil diese Farben für die Ehrentrikots der *Tour de France* reserviert sind. Deshalb sahen die aus, als ob sich ein Grafiker an die Wasserfarben aus der Grundschule erinnert hätte: am Rand wilde Schlieren, grün und gelb, die verliefen und wurden in der Mitte blau.

Der Pressesprecher fragte: Gibt es Fragen? Die gingen fast alle an mich, und sie drehten sich um das D-Wort. Das traf mich nicht unvorbereitet. Trotzdem bekam ich Schweißflecke unter den Achseln. Ich erzählte von meinem Erlebnis am Ghisallo-Pass. Eine Vorher-Nachher-Geschichte, mit einem klaren Wendepunkt. Dass ich wieder Spaß am Training habe, dass ich der gläserne Athlet bin, dass jeder im Internet meine Blutwerte checken kann.

Das Vorher-Kapitel hielt ich ziemlich kurz.

Ich war naiv, sagte ich, und hab Fehler gemacht. Aber jetzt bin ich richtig heiß auf das erste Rennen meiner zweiten Karriere.

So hatten wir das vorher abgesprochen. Keine Details, keine Substanzen und keine Namen nennen. Der Pressesprecher hatte mir einen Satz eingeschärft, den nannte er den Ankersatz:

Wer Rad fährt, muss nach vorn schauen.

Heute weiß ich, dass es so einfach nicht geht. Man kann nicht sagen Schlussstrich, keine Fragen mehr zu früher. Aber ich hab den richtigen Zeitpunkt verpasst. Ich hab zu lange gelogen, und dann hab ich zu lange geschwiegen. Doch die Vergangenheit geht nicht weg.

Trotzdem stehe ich dazu, dass ich auf der Pressekonferenz nicht über meine Blutbeutel geredet habe. Ich hab nie behauptet, dass ich ein Held sei – den haben die Medien aus mir gemacht. Okay, ich hab mir die Verehrung gefallen lassen. Das heißt aber nicht, dass ich jetzt den Schurken gebe, nur weil alle das erwarten. Geht's euch besser, wenn ihr einen habt, den ihr verachten könnt?

Herr Wiedenhöfer hat mir geholfen. Mein alter Lehrer hat mich in Bottighofen besucht, ein paar Tage vor dem Umzug in die Schweiz. Er trug nicht mehr die blaue Brille aus den Achtzigerjahren, und seine Locken waren weiß. Kathrin machte Kaffee, und er kam mit einer unglaublichen Geschichte aus dem Alten Testament. Die haben jedes Jahr einen Ziegenbock genommen. Diesem Tier hat ein Priester alles an den Kopf geworfen, was das Volk im ganzen Land verbrochen hat. Dann wurde der Sündenbock in die Wüste geschickt. Das Böse war aus der Welt, und die Menschen fühlten sich besser.

Vielleicht war das keine schlechte Idee. Aber in Deutschland würde sie nicht funktionieren, da käme sofort der Tierschutzverein. Bei uns macht man so was mit Menschen.

Herr Wiedenhöfer hat noch einen Satz gesagt, der anscheinend auch in der Bibel steht: Ohne Wahrheit bist du nicht frei. Darüber hab ich mich aufgeregt. Im Trübholz hab ich lange nachgedacht. Und bin zu dem Schluss gekommen, dass die Zeitung trotzdem keinen Anspruch hat auf meine Beichte. Ich bin Deutschland nichts schuldig.

Aber ich musste einen Weg aus dem Gefängnis finden, das ich selbst gebaut hatte. Ich musste die Lügen loswerden. Das Fernsehen war da keine Hilfe. Deshalb erzähle ich hier die ganze Geschichte.

Das mit dem sauberen Sport war mir ernst. Nach der Fahrt auf den Ghisallo stieg ich wieder ins Training ein und rasierte mir die Beine. Aber nicht nur bis zum Schritt. Jetzt schnitt ich auch die Schamhaare ab. Ich brauchte das Gewölle nicht mehr zur Tarnung. Kathrin hat das verstanden. Und sie hat es genossen, unsere Neunundsechziger wurden in der Neuauflage unglaublich. Ich spürte ihre Zunge auf meiner glatten Haut. Einmal lagen wir danach auf dem weichen Teppich vor dem Kamin, und sie sagte:

Unfassbar, dass du den armen Golfspielern das Viagra weggenommen hast.

Jetzt saß sie zwischen Askan Großheis und mir. Nach der Pressekonferenz wurde die Mannschaft zum Essen in die Vorstandsetage gebeten. Unsere Frauen waren auch eingeladen. Mit einem gläsernen Aufzug fuhren wir nach oben, so etwa in den 25. Stock. Dort hingen Porträts der ehemaligen Chefs an den Wänden, in Öl und gerahmt. Neben dem Eingang war ein Kästchen mit den Buchstaben AG. Nicht aus Plastik, aus Holz. Da legte Askan Großheis sein Handy rein, dann setzte er sich in den gelben Stuhl, alle anderen waren grün. Der Chefsessel stand an einem ovalen Tisch in der Mitte. Auf der Seite, von der man die Aussicht hatte:

Die Panoramascheiben gingen bis zum Boden, die Stadt lag weit unten und hatte das Format einer Spielzeugeisenbahn.

Der Tisch glänzte matt und war aus hellem Holz. Schweizer Birnbaum, sagte Großheis zu Kathrin, so in dem Tonfall: meine Villa, mein Boot. Der redete mit meiner Freundin, als ob es selbstverständlich sei, dass alle Frauen ihm zu Füßen liegen.

Ich grätschte dazwischen. Wie meinen Sie das eigentlich, fragte ich, dass Ihre Händler höchstes Tempo beherrschen?

Da erklärte uns Großheis, wie Termingeschäfte funktionieren.

Wissen Sie, was börsengehandelte Anlageprodukte sind?

Nö, aber Sie können's mir ja erklären.

Nehmen wir ein einfaches Beispiel aus dem globalen Rohstoffhandel: Wir kaufen große Mengen Reis, weil wir darauf spekulieren, dass bei diesem landwirtschaftlichen Erzeugnis die Preise steigen. Jetzt muss unser Händler an der Warenterminbörse den Augenblick abwarten, in dem der Preis für Reis seinen Höchststand erreicht. Dann verkauft er mit Gewinn.

Der Teamchef saß links neben Großheis. Und er hatte Mut, sonst hätte er diese Frage nicht gestellt:

Was sagt *Greenpeace* dazu?

Tja, die Gutmenschen von *Foodwatch* fragen penetrant nach den armen Indern. Aber meine Bank kann nichts dafür, wenn die Reisfelder kleiner werden, weil man in Asien lieber Biokraftstoff anbaut.

Der Herr über die Zeit tat so, als sei er mit sich im Reinen. Wahrscheinlich ging er alle drei Tage zum Friseur, so perfekt war er um die Ohren ausrasiert. Auch aus der Nähe sah man kein graues Haar, und sein Gesicht war so glatt wie bei einem Trainee.

Kathrin stellte sich wohl auch die Frage: Wie alt war der Obercapitalist?

Sie machte das sehr geschickt. Bei Scampi mit Ruccola lenkte sie das Gespräch auf das Zeitmanagement von Führungskräften. Klar, der Chef hörte sich gern reden, das war eine Steilvorlage. Askan Großheis sprach von Achtzehn-Stunden-Tagen, New York und Hongkong. Jetlag, neue Märkte, Zeitverschiebung. Wir waren noch nicht beim Kalbsmedaillon, da himmelte Kathrin ihn mit der entscheidenden Frage an:

Wie schaffen Sie es, bei diesem Pensum so fit zu bleiben?

Man muss sich von der Natur nicht alles gefallen lassen, sagte Großheis und lächelte sein Capitalistenlächeln. Sein Zauberwort hieß Anti-Aging. Zweimal jährlich ließ er sich von seinem Fitness-Guru checken, das Bluttuning kostete 1.500 Euro.

Wissen Sie, ich hab keine Zeit, stundenlang zu joggen oder Rad zu fahren. Ich nehm TA-65. Ein neues Enzym aus den USA. Kostet 14.000 Dollar, ist aber jeden Cent wert.

Schade, dass Willy, mein Masseur und Dealer, dieses Gespräch nicht hören konnte. Er durfte nicht mitspielen beim Neuanfang. Der Herr der Spritzen wäre blass geworden, als der Sponsor des sauberen Sports seine Hausapotheke aufmachte. Großheis nahm Somatotropin, er redete über Wachstumshormone wie andere über Müsliriegel. Mit der Hand zeichnete er eine Kurve in die Luft, die sah aus wie die Abfahrt vom Mont Ventoux.

Die Konzentration von körpereigenem DHEA sinkt im Alter, sagte der Banker und klang wie ein Experte aus der Uniklinik. Aber man kann ja nachhelfen – es lohnt sich: straffere Haut, mehr Muskelmasse, und die Gedächtnisleistung verbessert sich.

Ich dachte, DHEA sei so was wie Testosteron, war mir aber nicht sicher. Doch der Teamchef bestätigte mich.

Sie haben Glück, dass es in der Bank keine Kontrollen gibt, sagte Ritter und grinste schräg, bei uns steht dieses Steroidhormon auf der Dopingliste.

Großheis setzte einen arroganten Blick auf und sagte kühl:

Wie stellen Sie sich den Wettbewerb auf dem Finanzmarkt ohne Neuro-Enhancement vor? Ich bitte Sie – jeder Student nimmt Modafinil, um durchs Examen zu kommen. Ohne psychoaktive Substanzen ist das Pensum nicht zu schaffen.

So lernte ich, dass es in verschiedenen Berufen verschiedene Wörter gibt. Was bei uns Doping heißt, nennt der Manager Enhancement, und Frauen sagen Bodytuning.

Es hat lang gedauert, bis ich das kapiert habe: Doping ist daneben. Aber richtig pervers wird's erst, wenn der Wahnsinn nicht am Zielstrich aufhört. Was ist das für ein Leben, in dem jeder Moment perfekt sein soll?

Rossberg

Über unserem Esstisch hing jetzt eine Lampe. In der Galerie hatten sie gesagt, das sei ein Design-Klassiker. Die Leuchte war aus poliertem Aluminium, hing an zwei Pendeldrähten und hatte eine klare Form: schlank und trotzdem geschwungen. Man konnte sie dimmen, das machte den Tisch zu einer Insel aus warmem Licht. Da saßen wir am letzten Abend vor der *Deutschlandrundfahrt* und aßen Spaghetti. Richtig gute, Kathrin hatte sie mit Muscheln und Bottarga gekocht, das ist pulveriges Fischzeug aus Sardinien.

Paul wird bald fünf, sagte sie.

Weiß ich.

Ich meine, wär blöd, wenn der Abstand zu groß wird.

Heißt das, du willst noch ein Kind?

Da waren wir uns doch einig, dass Einzelkind nicht so der Hit ist. Inzwischen ist auch alles Gift aus deinem Körper raus. Du sagst, deine Blutwerte seien top.

Ich wusste nicht, wie ich diese Ansage finden sollte. Das war so ein Gefühl von Zuchtbulle: Der steht gerade voll im Saft, jetzt aber ran. Andererseits war es natürlich schmeichelhaft, so ein Angebot zu kriegen. Ich wollte nicht rumzicken, also sagte ich:

Ein kleines Mädchen, das seinen Papa anhimmelt, so wie meine Schwester das zu Hause gemacht hat – guter Plan.

Kathrin legte Wert darauf, dass ein zweiter Junge genauso gut wäre, und das fand ich auch. Sie wollte nur vorher noch zu ihrer Ärztin, wegen ihrer linken Brust. Die hatte eine kleine Delle. Seit zwei Wochen traute sie sich nicht mehr, auf dem Bauch zu schlafen.

Bei der *Deutschlandrundfahrt* rollte es gut. Auf jedem Kilometer spürte ich, dass die Fans mir eine zweite Chance gaben. Im Norden blühte der Raps, wir fuhren durch eine gelbe Orgie. Im Harz hagelte es. Dann kam der Süden. Auf der fünften Etappe lieferten wir uns ein Rennen gegen die

Natur. Wir fuhren der Schwäbischen Alb entlang, das war wie Breitwandkino. Dieses Gebirge fällt steil ins Flachland, und es zieht sich den ganzen Horizont hin. Da gibt's keine zackigen Gipfel, nur runde Kuppen. Ein dicker Hügel heißt Rossberg, auf dem steht ein Turm. Über der Alb baute sich ein Gewitter auf, das rollte wie eine dunkle Walze auf uns zu. Hinten regnete es, vorne blies der Wind wie aus einer Düse. Das ganze Feld gab Gas, nach ein paar Donnerschlägen hatten wir ein gemeinsames Ziel: rechtzeitig ins Trockene kommen. Das taktische Geplänkel fiel weg, alle Mannschaften beteiligten sich perfekt an der Führungsarbeit. Wir waren wie eine Herde unterwegs, in der die Tiere Schutz beieinander suchen. Mit einem 49er-Schnitt rasten wir ins Ziel. Dann platzte die Wolke. Die Tropfen explodierten auf dem Asphalt, über der Straße tanzten hunderttausend weiße Kronen. Aus dem trockenen Hotelzimmer sah das gut aus.

Am Abend knallten die Korken. Der Teamchef spendierte Prosecco. Das ganze Frühjahr war ein Gerücht mitgefahren: dass eine neue EPO-Generation auf dem Markt sei. Seit heute wussten wir: Dieser Beschleuniger ist nachweisbar. Eine Probe war positiv, ein Wasserträger aus der Mannschaft von Tyler Robinson wurde aus dem Verkehr gezogen.

Bernhard Ritter hob aufgekratzt das Glas und sagte: Männer, das ist ein Etappensieg! Wieder ein Schlupfloch weniger.

Ich fragte: Glaubst du, dass Tyler sauber fährt?

Wo denkst du hin, sagte er grimmig. Aber dann wurde der Teamchef ernst:

Sauberer Sport ist eine Illusion. Wir können Doping nicht wegkontrollieren. Das will keiner hören, aber mit dieser Aussicht müssen wir uns abfinden: dass wir in Zukunft immer Doppelsport erleben werden. Auf der einen Seite fahren wir wie gehabt unsere Rennen. Und gleichzeitig findet der Wettkampf statt, in dem es darum geht, möglichst viele Betrüger zu erwischen.

Als ich aufs Zimmer ging, waren fünf Anrufe in Abwesenheit auf dem Handy. Alle von Kathrin. Ich rief sofort zurück. Sie sagte nicht Hallo, sie heulte gleich los. Erst verstand ich nur Klinik. Es dauerte, bis mir die Sache einigermaßen klar wurde: Die Frauenärztin hatte die Schmerzen in ihrer Brust sehr ernst genommen. Sie fand heraus, dass die Implantate aus Billigsilikon waren, mit dem man normalerweise im Auto die Kupplung schmiert. Bei der Untersuchung zeigte sich, dass ein Kissen geplatzt war. Das Plastikzeug konnte sich im ganzen Körper verteilen, deshalb musste der Müll sofort raus. Morgen früh sollte sie operiert werden.

Ich hab es nicht geschafft, sie zu trösten. Ich lass das Handy die ganze Nacht an, sagte ich. Aber sie war in Gedanken schon einen Schritt weiter.

Wenn die Kissen raus sind und mein Busen abgenippelt runterhängt, magst du mich nicht mehr.

Du hast doch auch Augen, sagte ich, aber das war in diesem Moment nicht das Richtige. Anderer Versuch: Wenn du schwanger bist, werden sie wieder richtig prall, und danach sehen wir weiter.

Wahrscheinlich gibt's Menschen, denen in so einer Situation was Besseres einfällt. Doch in diesem Moment kam auch noch Giovanni von der Massage zurück ins Zimmer. Wenigstens weinte Kathrin nicht mehr, als wir auflegten.

Aber ich bin fast explodiert vor Wut. Die ging gegen alle. Gegen Kathrin, weil sie geglaubt hat, ein großer Busen sei ein *Must-have* für die Frau, so wie neue Stiefel im Herbst. Gegen den Franzosen, der Schmiermittel als medizinisches Produkt verkauft hat. Der Typ war gelernter Metzger, jetzt ist er pleite, an den kommt man nicht mehr ran. Und der Arzt aus Baden-Baden, der die Dinger eingesetzt hat, ist im Ruhestand. Ich möcht lieber nicht wissen, wo der Golf spielt.

Am nächsten Tag hatte ich Mühe, mich auf das Rennen zu konzentrieren. Ich fuhr ins Ungewisse. Nach dem Ghisallo, als ich wieder ins ernsthafte Training einstieg, hatte ich mit dem Trainer lange diskutiert: Hab ich eine Chance, sauber aufs Podium zu fahren?

Mit guter Vorbereitung kannst du Eintagesrennen gewinnen, sagte der Eisenbeißer geradeheraus. Aber ich hab keine Ahnung, ob du noch mithalten kannst, wenn eine Rundfahrt in die dritte Woche geht, und du nur mit Wasser und Brot unterwegs bist.

Die *Deutschlandrundfahrt* war ein Test. Auf der letzten Etappe riskierte ich einen Ausreißversuch. Zehn Kilometer vor dem Ziel hatte ich eine knappe Minute Vorsprung, aber das Feld kam bis auf zwölf Sekunden heran. Meine Beine waren hart, mir ging der Saft aus. Aber ein Rennen wird ja zwischen den Ohren entschieden. Ich hatte ein Wort im Kopf, das funktionierte wie ein Notstromaggregat. Vielleicht hab ich das nur gedacht, vielleicht hab ich's auch vor mich hin gesagt: Ghisallo. Ghisallo. Ghisallo.

Die Zielgerade stieg an und war lang. Aber als ich mich umschaute, sah ich hinter mir das Glück: Die Straße war leer. Ich reckte beide Arme in die Höhe und fuhr wie ein riesengroßes Victory-Zeichen über die Linie. Alle konnten sehen, wie stolz ich auf diesen Sieg war. Weil ich ihn aus eigener Kraft geschafft hatte. Ohne Turbo, ohne Reiskörner, ohne Nadel.

In diesem Augenblick krempelte sich die Zeit um. So, wie wenn du ein enges T-Shirt über den Kopf ausziehst. Du siehst die Außenseite nicht mehr, die endlosen Trainingsfahrten. Jetzt kommt der Moment, den du nie vergessen wirst. Er strahlt und brennt sich ein.

Auf der Heimfahrt fuhr ich noch schneller. In Deutschland wurde ich einmal geblitzt, den Schweizern ging ich zweimal in die Falle. Das wurde richtig teuer, 850 Franken. Warum ist das Leben selten eindeutig? Warum musste ich mit so elend gemischten Gefühlen im Auto sitzen? Warum konnte ich meinen Triumph nicht genießen?

Ganz vorsichtig nahm ich Kathrin in den Arm. Es war T-Shirt-Wetter, aber sie trug einen Pullover. Der BH zeichnete sich ab. Er war dick gepolstert und hatte keine Spitzen. Paul tobte ins Zimmer. Da war klar, dass ich alle Fragen auf später verschieben musste.

In meiner ganzen Karriere war ich ja nie der Typ für die Sattelwerbung: Sechs Stunden auf dem Rad, trotzdem guten Sex gehabt. Ich brauchte kein Gel und keine Aussparungen, bei mir funktionierte das auch so. Aber an diesem Tag spannte Kathrin mich auf die Folter. Erst mussten wir mit Paul Eis essen gehen, dann zeigte sie mir die Prospekte für einen Gasgrill – ich meine: Wie verkehrt ist das denn? Seit wann macht die Frau den Mann heiß aufs Grillen?

Anscheinend wollte sie nicht reden. Am Abend blieb es

lange hell, da legte sie eine romantische Inszenierung hin. Ich musste mit einem Glas Weißwein im Wohnzimmer bleiben und dann den Teelichtern nachgehen. Mit denen hatte sie eine Spur ins Schlafzimmer gelegt. Dort brannten auch Kerzen, und die Vorhänge waren zugezogen. Ihr schwarzes Babydoll schimmerte, dazu trug sie halterlose Strümpfe mit Naht. Kathrin hatte Kuschelrock aufgelegt, bei *Sailing* spürte ich ihre Zunge. Irgendwann ging sie im Bett auf die Knie, stemmte ihre Hände ans Kopfende und spreizte die Beine. Sie machte ein Hohlkreuz und bot sich mir im Doggystyle an. Obwohl sie diese Stellung nicht mochte, da hatten wir schon Diskussionen, wegen Frauenverachtung und so.

Ihr Po machte mich noch genauso an wie in Freiburg, als ich ihr zum ersten Mal den String ausziehen durfte. Ihre weiche Haut spannte sich über einer runden Wölbung. Aber das Ablenkungsmanöver funktionierte nur halb. Ich sah, dass die Germknödel fehlten. Kathrins Oberteil war ziemlich transparent und an den Achseln weit ausgeschnitten. Was da im Rhythmus baumelte, war nicht prall und hatte Falten. Ich schaute schnell wieder weg. Hinterher wollte sie mir ihre rückoperierten Brüste nicht zeigen.

Bei den Schönheitschirurgen ist es wie bei uns. Die sagen auch nicht: Leute, hört auf mit dem Wahnsinn. Die predigen genauso den Fortschritt, immer weiter. Bei uns gibt's EPO in Mikrodosis, bei denen heißt das neue Wundermittel Eigenfett. Damit polstern sie den Busen auf.

Zu so einem ging Kathrin. Ich hab vorher gegoogelt, wie der Fetttransfer funktioniert: Dass man eine Lösung aus Stammzellenkonzentrat und präpariertem Fett herstellt.

Dieses Gemisch wird in den Busen gespritzt, manchmal stirbt es dort ab und verkalkt. Aber das wollte sie alles nicht hören. Sie machte einen Termin fürs Vorgespräch, kam wieder und sagte:

Nie wieder Implantate wechseln!

Der Eigenfettexperte war anscheinend sehr überzeugend. Kathrin erzählte begeistert von neuen Blutgefäßen, die sich bilden, und dass die Speziallösung in einem natürlichen Hohlraum unter der Brustdrüse hundertprozentig anwächst. Außerdem könne sie selbst bestimmen, wo an ihrem Körper der Arzt das Fett absaugen würde.

Bevor ich bei der *Tour de Suisse* an den Start ging, versprach sie mir, dass ihr Po nicht angetastet wird. Als ich über den Gotthard fuhr, saugte der Arzt ihre Beine ab. Am Ende der Rundfahrt musste ich zugeben, dass ihre Waden jetzt eleganter aussahen. Die Polster waren weg. Kathrin kaufte sich neue BHs. 75 B, das war die gleiche Größe wie vor dem Silikon. Und der Arzt verstand sein Handwerk, darüber war ich froh. Ich verglich ihren neuen Busen mit Fotos aus unserem ersten Urlaub. Man sah fast keinen Unterschied.

Boulevard de la Sainte-Simplicité

Im Frühjahr stürzte ein Kasache. Er prallte mit dem Kopf gegen einen Randstein aus Granit und brach sich den Schädel. In der Nacht starb er im Krankenhaus. Am nächsten Morgen besorgten wir uns schwarzes Klebeband als Trauerflor. Am Start legte das ganze Feld eine Schweigeminute ein, dann fuhren wir weiter. Ein paar Wochen später gab es eine Regeländerung: Bei der *Tour de France* wurde die Helmpflicht eingeführt.

Ich freute mir ein Loch in den Bauch, dass ich nach zwei Jahren Pause wieder beim größten Rennen dabei war. Aber der Helm verspannte das Genick. Ich fuhr tagelang mit Kopfweh.

Vor der vierten Etappe gab's ein Donnerwetter. Bei der Mannschaftsbesprechung hielt Ritter eine Packung Glycerin in die Runde. In der Nacht hatte er heimlich den Arztkoffer gefilzt, dort hatte er dieses Zeug massenhaft gefunden. Im normalen Leben gibt man dieses Mittel Herzinfarktpatienten, weil es die Gefäße erweitert. Glycerin wirkt auch bei uns, und es stand nicht auf der Dopingliste. Aber der Teamchef legte eine Packung auf den Tisch, der ihn von uns trennte. In der rechten Hand hielt er den Kurbelabzieher, mit diesem Werkzeug holte er aus und schlug den Beschleuniger platt. Plastik splitterte, der Mannschaftsarzt zuckte zusammen, und Ritter sagte:

Bei mir fährt keiner mit diesem Dreck!

Ich lag im Klassement auf Platz fünf und war zufrieden. Seit dem Prolog hatte ich 29 Sekunden Rückstand auf Tyler Robinson. Am Mont Ventoux wollte ich angreifen, das war mein Berg. Und dann war ich gespannt auf das Abenteuer in den Alpen. Wie weit ich ohne Turbo kommen würde. Ob ich einen schwachen Tag ohne Hilfsmittel überleben würde. Welche Chance hatte ich gegen die Tretmaschinen?

So war also auch die erste *Tour de France* nach meiner Sperre ein Selbstversuch, nur diesmal in die andere Richtung. Ich merkte schnell, dass Bernie Ritter seine Zweifel hatte. Die vierte Etappe war flach und 217 Kilometer lang.

Das Ziel war auf dem *Boulevard de la Sainte-Simplicité*. Dort würde es zum Massensprint kommen, das war absehbar. Deshalb gab der Teamchef eine einfache Taktik aus: Maik soll ins grüne Trikot fahren.

Das war logisch. Er sagte aber auch: Max, du spannst dich vor den Zug. Das war Wahnsinn. Weil Sprint und Sturz ziemlich eng beieinanderliegen. Deshalb halten sich die Fahrer, die eine Chance auf das gelbe Trikot haben, vornehm zurück, wenn die Wahnsinnigen um den Tagessieg spurten.

Der Doc guckte erschrocken, sagte aber nix. Ich protestierte auch nicht. Weil mir klar war, weshalb Ritter dieses Risiko einging: Er traute mir nicht wirklich zu, das gelbe Trikot zu holen. Deshalb warf er mich in die Schlacht um das grüne. Das bekommt der beste Sprinter. Es ist zwar nicht der Hauptgewinn. Aber es macht sich besser, dem Sponsor den Trostpreis zu präsentieren, als mit leeren Händen dazustehen.

Bei Kilometer 205 checkte ich unseren Express. Meine beiden Helfer fürs Gebirge dümpelten irgendwo im Feld. Das war okay, die konnten wir jetzt sowieso nicht brauchen. Die fünf anderen waren da, fuhren sauber hintereinander, am letzten Hinterrad klemmte Maik.

Es ging durch Sonnenblumen. Die Stängel standen schräg, das ganze Feld kam uns entgegen, so heftig war der Gegenwind. Vorne sah ich ein Dorf, eins mit drei roten Blumen auf dem Ortsschild. *Village Fleuri*, Urlauber können dort nette Fotos machen. Aber für uns hieß das Alarmstufe gelb: enge Straße, scharfe Kurven und Kopfsteinpflaster. Ich zog das Tempo an. Das kostete im Wind unfassbar viel Kraft, aber unser Zug musste als Erster durchs Dorf, weil vorne das Risiko am geringsten war. Mit Tempo 60 ging's an der Metzgerei vorbei, die Markise war gestreift.

Hinten scheppert's. Ich lass mich links rausfallen, Patrick übernimmt die Spitze. Stütz mich an seiner Schulter ab und schau zurück. Fünf blaue Trikots in Linie, der *Capital-*Express ist komplett, auch Maik ist durchgekommen. Ich wieder vor. Tempo hochhalten. Breiter Fluss mit alter Brücke, jetzt bläst der Wind von links.

Kilometer 214. Schenkel wie ausgequetschte Zitronen. Salamitaktik: noch einen Kilometer am Anschlag, dann hast du Ruhe. Vor mir das rote Cabrio, der Direktor der *Tour de France* ragt oben aus dem Dach und guckt wie Napoleon über seine Truppen. Halbes Auge auf den Tacho: 214,3 – 214,5 – 214,9 – wie lang können hundert Meter sein? Tempo 80, mit Schwung links raus. Wer hinter mir kommt, muss bremsen. Oder eine Welle fahren. Patrick vorbei. Geschrei, ein Schlag versetzt mein Hinterrad, jetzt kommt der lila Zug, *Pharma Quick*. Bin wie ein Pfosten in der Strömung, an dem auf beiden Seiten das Wasser vorbeischießt (ungelogen, mitten im Gemetzel ploppen dir solche Bilder in den Kopf). Ein Ellbogen verschlägt meinen Lenker, vorn gibt Patrick ab an Jens. Rechtskurve, vor der hat Ritter gewarnt. Aber hundert Mann bremsen zu spät.

Einer hebt ab wie eine Rakete. Ein rotes Trikot schießt über das Feld, unten hängt ein Fahrrad dran. Einschlag. Bremsen quietschen, es knallt wie aus Pistolen, da platzen Reifen. Der Boulevard ist dicht, 50 Mann liegen auf der Straße, verkeilt zwischen Absperrgittern. Keine Chance, rechts oder links vorbeizukommen. Ich lande auf einer Karotte. Sie blutet. Es ist einer von den schmalen Basken im orangegelben Trikot. Metall schlägt auf Asphalt. Es scheppert, wie wenn eine leere Coladose auf dem Boden schrappt. Aber ein Geräusch ist grausam, das kriege ich nicht mehr aus dem Ohr: wenn Knochen brechen.

Sie gehörten zu René. Er sollte als Letzter nach vorn, aus seinem Windschatten wollte Maik den Sprint gewinnen. Jetzt hing René am Absperrgitter, gegen die Fahrtrichtung, ich sah direkt in sein Gesicht. Und hoffte, dass er nur bewusstlos war.

Irgendwo schrie einer übers Schlachtfeld: *Fucking Tour de France!*

Maik kam ungeschoren davon. Sein Rad war Schrott, das schob er über die Linie und motzte: Scheiß Sport – alle nehmen 200 Kilometer Anlauf, und dann legen wir uns im Rudel auf die Fresse.

Im Bus tobte Ritter:

Mit so einem Ergebnis können wir den Capitalisten nicht kommen!

Malaucène

Am Start stand ein Käfig. Der war mit weißem Stoff verkleidet, damit man die Gitterstäbe nicht sah, denn gleich daneben war das VIP-Zelt aufgebaut.

Jeder Fahrer musste sein Rad in diesen Käfig schieben. Dort stand eine Maschine, mit der die Veranstalter auf das jüngste Gerücht reagierten. Bei einem Frühjahrsklassiker war ein Schweizer allen davongefahren, als ob sie mit Hollandrädern unterwegs wären. Das Gerücht ging so: Der hat einen Elektromotor eingebaut. Die Mikromaschine ist im Sitzrohr versteckt und treibt die Kurbelachse an. Leistet 400 Watt, der Akku passt in die Trinkflasche.

Es gab tatsächlich eine Firma, die solche Motoren baute. Verdächtig war auch, dass der Überflieger kurz vor dem Ziel das Rad wechselte. Deshalb war jetzt dieser Käfig aufgebaut. Das Gerät durchleuchtete alle Rahmen, bevor wir auf den Mont Ventoux fuhren.

Der Kontrolleur trug das Zeichen des Radsportverbands an seinem Kittel. Er schaute gelangweilt auf einen Monitor wie am Flughafen, wo sie Sprengstoff im Koffer suchen. Ich sah mein Rad im Röntgenbild: Grau und schwarz, die Züge waren innen im Rahmen verlegt. Über dem Tretlager steckte nichts Verdächtiges in den Rohren.

Alles gut, sagte der Kontrolletti und grinste. Als ich mein Rad aus dem Käfig schob, bekam ich eine pervers gute Laune. Da musst du nicht mehr durch.

Gestern Abend hatte mich der Teamchef nach dem Essen auf sein Zimmer bestellt. Er kam brutal schnell zur Sache.

Max, wir haben ein Problem, sagte er, du bist 132,9.

Bitte?

Hundert-zwei-und-dreißig-komma-neun.

Ich ahnte, was er meinte. Vor drei Tagen musste ich zur Dopingkontrolle. Inzwischen gab es nicht mehr die einfache Grenze von 50, die der Hämatokritwert nicht übersteigen durfte. Die Fahnder hatten ihre Formeln verfeinert, die untersuchten das Blut nach allem Möglichen. Da gab es verschiedene Koeffizienten. Die Zahl, die herauskam, musste kleiner sein als 133.

Bernie, ich hab keine Ahnung, wie …

Alles, was du jetzt sagst, kann gegen dich verwendet werden. Ich hab die Schnauze voll und will gar nix hören.

Ich fahr wirklich nur mit Wasser und Brot.

Ohne mich fährst du gar nicht mehr. Pass auf: Der Chefmediziner vom Radsportverband hat mir einen Deal angeboten: Dein Wert stinkt zum Himmel. Aber sie lassen dich im Rennen. Unter einer Bedingung: Sie wollen dich in Paris nicht auf dem Podium sehen.

Man kann nicht sagen, dass im Radsport alles schlechter wird. Seit meinem Toursieg schlief unsere Mannschaft in besseren Hotels. Ritters Zimmer hatte Seidenvorhänge und eine Kommode mit einem Spiegel wie von Madame Pompadour. Als er mich rauswarf, ging ich in den Garten. Am Fachwerk rankte Wein, am Turm wuchs Efeu, die *Auberge* lag an einem Flüsschen. Eine Weide hängte ihre Zweige ins Wasser, ein Ruderboot war angebunden. Hinter der Hecke schlängelte sich ein Pfad am Ufer entlang. Den ging ich, und diesmal tat es gut, zu Fuß unterwegs zu sein.

Mir kamen die Storys in den Sinn, mit denen wir das Publikum verarscht haben. Als wir EPO ausprobierten und mit einer irrwitzigen Geschwindigkeit durch Frankreich rasten, sagten wir, die Straßen seien besser geworden. Wer sich erwischen ließ, wurde richtig kreativ. Dem einen hat der Zahnarzt die falsche Spritze gegeben, beim anderen ist im Wohnzimmer der Asthmaspray der Tante explodiert. Das Kalbskotelett war schuld, oder die Avocados, oder Omas Kekse. Durchfall war auch beliebt. Auf jeden Fall konnte sich keiner erklären, wie die verbotenen Substanzen in seinen Körper gekommen sind.

Welche Chance hatte ich, wenn ich mich hinstellte und sagte: Leute, ich hab mal EPO genommen und mein Blut gepanscht. Aber die letzten Amphetamine hab ich mir vor zwei Jahren reingepfiffen, als ich im Trübholz ohne Stimmungsaufheller nicht vom Sofa kam. Seither fahre ich sauber. Und ich hab keine Ahnung, wie ich auf 132,9 komme.

Seit dem Ghisallo-Pass war ich ehrlich unterwegs. Aber das glaubte nicht mal Bernhard Ritter, und der kannte alle Werte aus meinem Blutpass.

Der Pfad führte in die Binsen. Ich kehrte um und rief Kathrin an. Die Mailbox kam, aber das war nicht schlecht. Ich hatte meine Entscheidung getroffen und brauchte niemand mehr zum Reden. Ich sagte:

Setz dich morgen vor den Fernseher. Paul soll auch gucken. Ich fahr noch mal auf den Ventoux.

Der Morgen war wieder so heiß wie beim ersten Mal. Tyler Robinson gab seiner Mannschaft die Peitsche, die fuhren bis zum Berg ein wahnsinniges Tempo. Hinter Bédoin riss ich mir den Stöpsel aus dem Ohr und warf den Funk in hohem Bogen in den Straßengraben. An meinem Berg wollte ich Ruhe haben. Ich fuhr neben Tyler und schaute ihm direkt ins Gesicht. Er hatte eine dunkle Brille auf, ich auch. Aber meinen Blick hat er verstanden. Wir tragen das am Berg aus. Fang an, wenn du dich traust.

Ich fuhr und dachte nicht an morgen. Meine erste Attacke konnte Tyler parieren. Als er nach der zweiten wieder bei mir war, drehte ich mich lässig um und griff in die Trikottasche. Da waren keine Reiskörner mehr drin, ich holte ein Stück Banane. 20 Prozent Steigung, 35 Grad im Schatten, da kriegst du normalerweise keinen Bissen runter.

Aber Max Witt hat noch Luft zum Essen. Das hat ihm den Stecker gezogen. Am Chalet Reynard machte ich ernst. Die Luft flimmerte, das gehört hier wohl dazu. Ich fand meinen Rhythmus. Am Simpson-Denkmal winkte ich kurz nach rechts, zum Abschied. Tom, ich mach dieses blöde Spiel nicht mehr mit.

Vite Witt, brüllten die Zuschauer, *vite Witt!*

Dann schaute ich unter der Achsel durch. Tyler war weg. Die Zeit wurde sichtbar. Ich brauchte keine Uhr, ich sah sie an der leeren Straße hinter mir. Das ist schön am Radsport: Er ist eindeutig. Wenn man ihn ehrlich angeht.

Am Turm auf dem Gipfel streckte ich eine Hand in den Himmel, so wie der Mann auf dem Ghisallo. Aber nur kurz, es ging gleich in die Abfahrt. Vorn kam schon die erste Haarnadelkurve. Ich musste mich beeilen und brauchte beide Hände, um die Startnummern vom Trikot zu reißen. Die rechte wollte nicht abgehen. Mein Rad nahm ungebremst Fahrt auf, jetzt fuhr ich freihändig. Die Kameras sollten sehen, dass ich aufrecht saß, als ich die Nummer 11 zusammenknüllte und in hohem Bogen wegwarf.

Das war keine Kapitulation, das war Stolz. Die weiße Kugel, mit der ich mich aus dem Rennen nahm, flog weit und hüpfte über die Geröllhalden. Da unten könnte man ein schönes Denkmal bauen: Hier landete die letzte Startnummer von Max Witt.

Noch nie habe ich eine Abfahrt so genossen. Vier Serpentinen, dann ging's geradeaus. Der Asphalt war glatt und gut, die Straße trocken und frei. Ich tauchte ein in die Landschaft und spürte warme Luft. Der Wind streichelte meine Beine, ich fror nicht an den Armen. Spielend glitt ich durch die Welt. Die nächste Kurve hatte einen eleganten Radius, ich flog schneller als das Motorrad mit der Kamera, und ich beherrschte die Geschwindigkeit. Die Zuschauer tobten. Sie dachten, ich sei noch im Rennen. Aber ich fuhr zum Vergnügen.

Schwierig wurde es erst in der Ebene. In Malaucène hing der rote Lappen über der Straße, hier begann der letzte Kilometer. Dann müsste ich absteigen. Und eine Million Fragen beantworten. Die Zuschauer trommelten auf die Werbebanden. Mit aufgeblasenen Plastikhänden, verteilt vom Sponsor des gelben Trikots. Die Stimme des Sprechers überschlug sich. Auf der Videowand sah ich Max Witt in dreifacher Größe. Der Renndirektor schaute ratlos aus dem Autodach. Noch hundert Meter bis zum Ziel. Hinter der Linie kam die Muschel mit dem Podest für den Sieger. Fahrzeuge parkten, die Straße wurde eng. Ein Polizist fuchtelte und blies in seine Trillerpfeife. Aber er war so verdutzt, dass er mich vorbeiließ.

Ich fuhr einfach weiter. Und hoffte, dass ich nie mehr absteigen muss.

Ich danke allen, die mir beim Ausreißversuch geholfen haben. Der Förderkreis deutscher Schriftsteller in Baden-Württemberg hat die Arbeit an diesem Roman mit einem Stipendium unterstützt. Mehrere Bücher waren wichtig für die Recherche: Laurent Fignon hat temperamentvoll vom Abenteuer des Radsports erzählt (»Wir waren jung und unbekümmert«), David Millar (»Vollblutrennfahrer«) und Tyler Hamilton (»Die Radsport-Mafia«) haben Einblick gewährt in gedopte Karrieren. Benjo Maso (»Der Schweiß der Götter«) hat die Geschichte dieser Sportart ohne verschleiernde Mythen aufgezeichnet, Hans-Michael Holczer (»Garantiert positiv«) berichtet über Glanz und Elend einer Profimannschaft. Udo Bölts hat im Gespräch offen von den Höhen und Tiefen eines Rennfahrers erzählt.

Der Verleger Hubert Klöpfer hat schon an den Ausreißversuch geglaubt, bevor er die Strecke kannte. Die Kollegen Oliver Lück und Claus Peter Simon haben das Manuskript konstruktiv kritisch gelesen. Professor Dieter Rössner hat mich freundschaftlich in rechtlichen Fragen beraten. Auf der Zielgeraden hat der Buchhersteller Horst Schmid ein Tempo vorgelegt wie Max Witt am Mont Ventoux. Und Manou hat mich vor dem Asphaltblick bewahrt, den Radfahrer manchmal kriegen.

JS

Inhalt